古典詩歌研究彙刊

第七輯

龔鵬程 主編

第 13 冊

王安石詩研究（上）

陳 錚 著

國家圖書館出版品預行編目資料

王安石詩研究（上）／陳錚 著 — 初版 — 台北縣永和市：花
木蘭文化出版社，2010〔民 99〕
目 4+186 面；17x24 公分
（古典詩歌研究彙刊 第七輯；第 13 冊）
ISBN 978-986-254-128-9（精裝）
1.（宋）王安石 2. 學術思想 3. 傳記 4. 宋詩 5. 詩評
851.4515   99001796

ISBN - 978-986-2541-28-9

9 789862 541289

古典詩歌研究彙刊
第七輯 第十三冊   ISBN：978-986-254-128-9

王安石詩研究（上）

作　　者　陳錚
主　　編　龔鵬程
總 編 輯　杜潔祥
出　　版　花木蘭文化出版社
發 行 所　花木蘭文化出版社
發 行 人　高小娟
聯絡地址　台北縣永和市中正路五九五號七樓之三
　　　　　電話：02-2923-1455／傳眞：02-2923-1452
網　　址　http://www.huamulan.tw 信箱 sut81518@ms59.hinet.net
印　　刷　普羅文化出版廣告事業
初　　版　2010 年 3 月
定　　價　第七輯 20 冊（精裝）新台幣 28,000 元

王安石詩研究（上）

陳錚 著

作者簡介

陳錚，祖籍福建，出生基隆，生於民國四十六年，畢業於私立東吳大學中文系，中國文學研究所碩士班、博士班。曾任私立崇右企業專科學校講師，現職國立宜蘭大學人文暨科學教育中心副教授。

提　　要

　　《王安石詩研究》一冊，分七大章，二十小節，總計二十餘萬字。內容主要是探索王安石詩的風格特色、題材內容、體裁句調及修辭技巧等。旨在追溯其詩學淵源、深入瞭解其詩歌創作的成就，從而確立其在宋代詩壇之地位。

　　宋詩有三宗：一為臨川之宗（以王安石為首），一為眉山之宗（以蘇軾為首），一為江西之宗（以黃庭堅為首）。其中眉山、江西二宗得勢，席捲宋代詩壇大半壁江山。但他們專以氣格達意為主，而不避徑直淺露；無論如何也比不上臨川王安石，以一異軍孤起，步趨唐人之後，力求婉曲回環，能令人尋繹於言語之外，而在宋詩中那樣顯得別具一格。然而，一般學者習知蘇、黃二人，卻往往將王安石排摒於二人並稱之外，忽略了王安石詩在藝術創作上的成就，這對王安石是十分不公平的。其中原因，固然是由於王安石本身政治聲望過高，以致掩蓋了詩名；但主要還是由於舊黨反對者的偏見所致。當日推崇蘇黃的皆屬元祐派，如惠洪《冷齋夜話》、許顗《彥周詩話》、張表臣《珊瑚鉤詩話》、朱弁《風月堂詩話》、吳可《藏海詩話》等等，人數眾多，而推崇臨川的紹述派，僅有魏泰《臨漢隱居詩話》和葉夢得《石林詩話》二家，且夢得之後，沒有傳人，所以眉山、江西二宗終於制勝。這不但是王安石個人的不幸，也是宋詩的不幸！

　　王安石的詩，不僅可與蘇、黃並駕而無愧，此外，還上紹唐代杜、韓的詩律，為江西派作了開路先鋒，是宋詩尊基的功臣，也是本文所要指出的。

　　本文在撰寫期間，承蒙指導教師潘師石禪提示參考書目還有撰寫意見；而於完成之日，又為我閱稿，備極辛勞，衷心感激。此外，歐陽所長炯公、林師炯陽、黃師登山、周師全公，以及家人親友曾予我支持及鼓勵的，在此一併致謝。而對於已故的徐師公起、鄭師因百，也要藉此表示我對他們永遠的敬意與懷念。

目

次

第一章　緒　言

　　王安石詩文流傳至今，主要有兩種版本：一是元大德五年安成王常所刊鴈湖李壁箋註、須溪劉辰翁評點的《王荊文公詩》五十卷，一是明嘉靖二十五年應雲鷟取其家藏舊本讎校翻刻之《王臨川全集》一百卷。前者簡稱大德本，後者簡稱嘉靖本。試將兩種版本加以比較，不唯總數不同，凡編排次序、詩題、及至內容文字，都有所出入。如（一）大德本挽詞二卷四十九首不算，共收古風律詩一千五百七十八首。嘉靖本詩的部份有三十八卷，除去挽詞、集句、歌曲、古賦、樂章部份，古風律詩有一千五百一十四首，較大德本足足短少了有六十四首。其中大德本收錄而嘉靖本缺者，古詩有〈鳳凰山〉第二首、〈揚雄〉第一首、〈寓言〉第四第六第七第八第十第十三首，及自〈潭州〉以下，〈寄平甫弟衢州道中〉、〈寄慎伯筠〉、〈望晼山馬上作〉、〈汝瘦和王仲儀〉、〈三月十日韓子華招飲歸城〉、〈勿去草〉、〈東城〉、〈哀賢亭〉、〈梁王吹臺〉、〈靈山寺〉、〈白鷗〉、〈詠風〉、〈白雲〉、〈江鄰幾邀觀三館書畫〉、〈河北民〉、〈君難託〉等十七首。五律有自〈次韻張子野秋中久雨晚晴〉以下，〈射亭〉、〈寄王補之〉、〈寄謝師直〉、〈次韻留題僧假山〉等五首。七律有自〈次韻王禹玉平戎慶捷〉以下，〈得孫正之詩因寄呈曾子固〉、〈和金陵懷古〉、〈豫章道中次韻答曾子固〉、〈離北山寄平甫〉、〈答孫正之〉、〈寄程給事〉、〈寄勝之運使〉、〈寄國

清處謙〉、〈將至丹陽寄表民〉、〈宿土坊驛寄孔世長〉、〈寄孫正之〉、〈道中寄吉父〉、〈送孫立之赴廣西〉、〈送福建張比部〉、〈送致政朱郎中東歸〉、〈別雷國輔〉、〈垂虹亭〉、〈題正覺相上人籜龍軒〉、〈題友人壁〉、〈清明輦下懷金陵〉、〈杭州呈勝之〉、〈聞和甫補池掾〉、〈寶應二三進士見送乞詩〉、〈謝郴宣秘校見訪於鍾山之廬〉、〈同長安君鍾山望〉、〈奉招吉甫〉、〈閑居遣興〉、〈到家〉、〈西帥〉、〈松江〉等三十一首。五絕有〈春怨〉一首。〔註1〕七絕有〈雜詠〉第六首，及自〈晚春〉以下，〈樓上望潮〉、〈寄李道人〉、〈憶江南〉、〈對棋呈道原〉、〈謝微之見過〉、〈惜春〉、〈寄北山詳大師〉、〈子貢〉等九首，總計是七十二首。大德本所收詩雖然較嘉靖本為多，卻也有若干作品為嘉靖本收錄，而大德本所缺者。古詩有〈車螯〉、〈信陵坊有籠山樂官〉等二首。七絕有〈殊勝淵師八十餘因見訪問之近來如何答曰隨緣而已至示寂作是詩〉一首。四言有〈潭州新學詩〉、〈新田詩〉、〈獵較詩〉、〈雲之祁祁答董傳〉等四首，總計是七首。〔註2〕（二）詩題方面，如大德本〈憶鄞縣東吳太白山水〉，嘉靖本題〈孤城〉。大德本〈示張秘校〉，嘉靖本題〈仲明父不至〉。大德本〈涓涓乳下子〉，嘉靖本題〈三戰敗不羞〉。大德本〈沂㧑〉，嘉靖本題〈過故居〉。大德本〈烏石〉，嘉靖本題〈游草堂〉。完全不同。也有大德本詳於嘉靖本的，如〈題燕侍郎山水〉、〈陶縝荼示德逢〉、〈次韻歐陽永叔端溪石枕蘄竹簟〉、〈席上賦得然字送裴如晦宰吳江〉、〈口占示禪師〉、〈答韓持國芙蓉堂〉二首等。也有嘉靖本較詳的，如〈到郡與同官飲〉一首，下有「時倅舒州」四字小註、〈沖卿席上得行字〉、〈寄二弟時往臨川〉、〈奉使道中寄育王山長老常坦〉、〈與舍弟華藏院此君亭詠竹〉、〈落星寺在南康軍江中〉、〈寄張劍州并示女弟〉、〈傳神自讚〉、〈送陳景初金陵持服舉族貧病煩君藥石之功〉等，不可枚舉。另外，大德本〈即事〉六首，其中第三第四第五

〔註1〕另〈離昇州作〉，嘉靖本收入集句中。

〔註2〕有〈哭張唐公〉一首，大德本收入挽詞。〈懷舒州山水呈昌叔〉後三聯，大德本全佚。

－2－

首，嘉靖本題〈雜詠〉。大德本〈成字說後〉，嘉靖本與前一首同題〈字說〉。二書編排分合相異情形，大略如此。（三）內容文字方面，出入就更多了。如〈露坐〉一首，大德本「芳歲老易晚，良宵閑獨多」、「秋風不成寐」，嘉靖本作「老失芳歲易，靜知良夜多」、「陵秋久不寢」。〈次韻葉致遠〉一首，大德本作「知君聊占水中洲，去即東浮逐聖丘。憂國無時須問舍，得坻有興即乘流。由來要路當先據，誰謂窮鄉可久留。他日五湖尋范蠡，想能重此駐前驄。」嘉靖本作「生涯聊占水中洲，豈即乘桴還聖丘。身與鳧飛仍鴈集，心能茅靡亦波流。由來杞梓常先伐，誰謂菰蒲可久留。乘興吾廬知未厭，故移脩竹擬延驄。」〈歲晚〉一首，大德本「天涵笑語涼」，嘉靖本作「風含」。〈半山春晚即事〉一首，大德本「春晚取花去」、「杖屨亦幽尋」，嘉靖本作「春風」、「或幽尋」。〈天下不用車〉一首，大德本「兩刖亦已癡」，嘉靖本作「兩肘」等等，無法一一列出。再有一種情形同時發生於大德本和嘉靖本，如〈春入〉七絕一首後聯，與〈懷舊〉一首後聯相同，而前聯較〈懷舊〉為佳，疑〈春入〉是改本，今集中並存。又如〈金山〉七絕一首，與〈金山寺〉第一第三首措辭有相似之處，〈金山〉可能是初作，未被刪除，仍收入集中。主要原因，是從古至今，無論文集或詩集，多非作者本人生前親自編訂，而是作者身後，由其門生故舊，或者後學，蒐集編成，因此有不同版本出現，是在所難免的。此外，遺佚及蒐集不全，或書商誇新逐利，以假亂真，錯收也常發生。如吳曾《能改齋漫錄》卷十一載王安石〈夏昳扇〉絕句「白馬津頭驛路邊，陰森喬木帶潺湲。夕陽一馬匆匆過，夢寐如今五十年。」說明本集不載，見《湟川集》。又言曾見一士人收王安石親札詩文一卷，內有〈馬上〉及〈書會別亭〉兩篇，為刊行文集所無。今按二詩，大德本均已收錄，〈馬上〉一首，大德本題為〈馬上轉韻〉。《石林詩話》卷上又載蔡天啓言，王安石作「青山捫蝨坐，黃鳥挾書眠」，以為平生得意之作，但不能舉全篇，後薛肇明奉旨編王安石文集，遍求無著，故集中無此詩。至於錯收他人的詩，如六絕〈宮詞〉「六宅新粧促錦」一

首，確爲王建所作。如〈竹裏〉絕句，錢鍾書《宋詩選註》據《苕溪漁隱叢話》前集卷五十七引《洪駒父詩話》，考證是僧顯忠的詩，王安石書於壁間，而爲人收入王安石詩集裡。此外，蔡絛《西清詩話》卷下提出〈西帥〉、〈晚春〉爲王禹偁元之詩，〈金陵獨酌〉、〈寄劉原甫〉爲王琪君玉詩，〈臨津〉、〈次韻平甫金山會宿寄親友〉、〈上元夜戲作〉爲王安國平甫詩，後李壁全採入詩註裡。其餘散見李壁〈注〉中的猶多。如〈春江〉，注爲方子通作，王安石愛之而書於冊後，後人誤以爲是王安石所作而收入集中。〈汝瘦和王仲儀〉、〈江鄰幾邀觀三館書畫〉，注云又見於梅聖俞《宛陵集》，不知果誰作。〈勿去草〉，注或云是楊次公（傑）之詩。〈送春〉、〈望晼山馬上作〉，注疑非荊公作。〈寄愼伯筠〉，注或云王逢原作。〈馬上轉韻〉，注不類介甫作。〈訪隱者〉，注鄭獬《郎溪集》亦有此作，不知果是誰作。〈寄程給事〉，今王珪《華陽集》、鄭獬《郎溪集》、秦觀《淮海後集》均收錄，李注恐非王安石作。又如「濃綠萬枝紅一點，動人春色不須多」之句，集中不收，《遯齋閑覽》以爲是唐人所作，《王直方詩話》以爲是出自王安石之手，《竹坡詩話》則以爲與「春色惱人眠不得，月移花影上闌干」並爲王平甫詩。以上諸詩，由於沒有旁證，無法確考是或不是王安石的詩。王安石詩集的版本，是存在若干問題猶待解決，今日從事王安石詩研究，仍以大德本爲主。

第二章　北宋的政治社會環境
與文學潮流

　　文學創作的眞實與歷史考訂的事實，其間是不能劃上一個等號的。但文學根植在它那個時代的土壤裡，或淺或深地受到當代政治、社會環境，以及文學潮流的雨露霑漑或病害侵襲。許多前代的學者曾提出：(1) 文學反映國勢盛衰與政治理亂。(2) 文體流變往往受到朝廷好尙與社會風氣的影響。(3) 文學質樸或妍華，隨著時代而遞嬗等相關的理論。如最早見諸記載的是《詩・大序》引《禮記・樂記》的一段文字：

> 治世之音安以樂，其政和；亂世之音怨以怒，其政乖；亡
> 國之音哀以思，其民困。

其後，梁朝劉勰在《文心雕龍・時序篇》提出三種概念：

> 文變染乎世情，興廢繫乎時序。
>
> 時運交移，質文代變。

清汪琬《堯峰文鈔》卷二十六〈唐詩正序〉據《詩序》及劉勰之理論加以申論：

> 當其盛也，人主勵精於上，宰臣百執趨事盡言於下，政清
> 刑簡，人氣和平，故其發之於詩，率皆沖融而爾雅，讀者
> 以爲正，作者不自知其正也。及其既衰，在朝則朋黨之相
> 訐，在野則戎馬之交訌，政繁刑苛，人氣愁苦，故其所發

又皆哀思促節爲多。最下則浮且靡矣。中間雖有賢人君子者，亦嘗博大其學，掀抉其氣，以求篇什之昌，而訖不能驟復乎古，讀者以爲變，作者亦不自知其變也。故正變之所形，國家治亂繫焉；人才之消長，風俗之污隆繫焉。

今人錢鍾書《宋詩選註‧序》所言，涵蓋最廣，度越前輩：

作品在作者所處的歷史環境裡產生，在他生活的現實裡生根立腳，但是它反映這些情況和表示這個背景的方式，可以有各色各樣。

然則，王安石所處的大時代大環境如何？今分政治社會與文學兩方面加以探討。

第一節　政治與社會環境

一、國勢積弱不振

北宋自太祖結束五代十國七十餘年分裂割據的局面，定都汴京始，直到徽、欽二帝被金人俘據北去結束，其間共一百六十七年（西元 960 至 1126 年），從來都沒有眞正強盛過。它領有黃河以南，及長江、珠江流域，是歷史上統一王朝中版圖最小的朝代，遠遠比不上漢、唐時期。

北宋的內憂與外患始終都不曾間斷過，主要是由於國勢積弱不振。而這又與強本弱末國策所造成的流弊有關。宋的開國始祖趙匡胤，於五代末期，以一名殿前都點檢，於陳橋兵變被諸將擁立，簒周而有天下。爲矯唐末五代藩鎮跋扈之禍，杜絕亂源，鞏固君權，即位之初，乃屬行強本弱末的政策。所謂「強本弱末」即「強幹弱枝」，就是削弱地方上枝末的實力，鞏固並擴張中央幹本的威勢，使全國的權力名實具歸朝廷。重要的原則有兩點：一是中央集權，凡財、政、軍、法諸權，完全掌握在君主手中。一是重文輕武，提倡文士執行，裁抑武人。

　　首先，杯酒釋兵權，解除元勳宿將如高懷德、石守信等典掌禁軍的權柄，而改授節度使，以肅清禁軍。其次，取消禁軍最高統帥頭銜。凡戰時發號施令與調兵遣將的權力，均歸朝廷。第三，設樞密院主持全國軍務，以與中書並稱二府，分割宰相預聞軍事的權力。第四，提高禁軍的素質。揀選諸道強壯驍勇之士充任；而地方上的鎮守軍，即廂軍，多老弱殘兵，毫無戰鬥力。至於邊防戍守，則立「更戍」之法，也由禁軍輪番充任，稱為「番戍」。除使禁軍習於邊事外，更使將不知兵，兵不知將。如此，兵固然不至於驕惰，同時將也因而無法擁兵自重。第五，撤銷五代殘餘的藩鎮勢力，統制地方錢穀，並派文臣代理，禁止武人干預政事。以上是兵權的收回。

　　太祖不祗對武臣與地方權力刻意加以削奪，即使宰相的權力，也蓄意侵攬。如設樞密院主兵，則宰相不得預聞軍事；又設三司主財，則不能預聞財賦之事；又設審官院與三班院，掌京師及其幕職州縣官的考課，分割宰相命官考課之權。宰相祗是奉皇帝決策行事，推行全國政治，相權於是大為低落。此外，又鼓勵臺諫糾舉宰相。宋代的御史台掌糾察官邪，肅正綱紀。下屬機構有三：一為台院，一為殿院，一為察院。除此，更置諫院。而御史台與諫院合稱台諫。為防宰相專擅，便於天子集權，諫院不隸屬於宰相，而由皇帝親擢。自此台省對立，諫官諫諍不以天子為對象，而以宰相為糾繩的目標。更由於准許風聞而不加譴責，所以對歷任宰相幾乎無一人不加以攻訐，對時政幾乎無一事不予以指責。宰相遇事掣肘，動輒得咎，因此不敢暢行其志，有所作為。至於地方上，原任行政官長全是勳臣武官，凡因死亡，或因遷徙、改任，或遙領他職，便由中央委派文臣代理，稱知州或知府。為嚴禁地方官長以私人典掌要職，並置通判、主簿，以監察州、縣政事。以上是治權的收回。

　　政府的財權，掌握於三司。所謂「三司」，即戶部司、鹽鐵司、度支司。凡國內所有稅務機構皆派監官至鎮分守其事。並規定，除供本州度支經費外，所有餘款，悉數運轉中央，不得占留。又為了運輸

調配方便起見，於全國各路設轉運使，主管稅收運輸的事宜，即使各路的節度使、防禦使、團練使、觀察使及刺史，都不得干預地方財政。此外，由中央統一鑄錢，並實行鹽、鐵、酒、茶專賣制度。以上是財權的收回。

至於司法權，分別設立司法參軍、司寇參軍負責地方上的司法。在中央則設立刑部、大理寺、審刑院以為牽制。這是司法權的收回。從此，國家的財、政、軍、法大權，完全操縱於朝廷。

太祖強本弱末集權中央的政策，在實施之初，還不失為濟時的良方，一舉革除了唐末五代以來重大的積弊，也給宋朝帶來了大一統的新興氣象。但是太宗以後諸帝，墨守成規，不知因時制宜，甚至矯枉過正，以致國勢日漸貧弱。關於杯酒釋兵權，世人多視為神謀妙策，殊不知北宋積弱不振，即肇因於此。由於太祖猜忌武臣，以文臣代之，任用素不熟習軍事而只是易於統制的親舊恩倖為將領，久而久之，遂致武備廢弛，人厭言兵。《宋史》卷二八五〈賈昌朝傳〉載昌朝上言仁宗：

> 太祖初有天下，鑑唐末五代方鎮、武臣、士兵、牙校之盛，盡收其威權，當時以為萬世之利……近歲恩倖子弟，飾廚傳、釣名譽，多非勳勞，坐取武爵，折衝攻守，彼何自而知哉？然邊鄙無事，尚得自容。自西羌之叛，士不練習，將不得人；以屢易之將，馭不練之士，故戰則必敗，此削方鎮太過之弊也。況親舊恩倖，出即為將，素不知兵，一旦付以千萬人之命，是驅之死地矣，此用親舊恩倖之弊也。

仁宗嘉祐間，蘇軾〈教戰守策〉：

> 今者治平之日久，天下之人，驕惰脆弱，如婦人孺子，不出於閨門。論戰鬥之事，則縮頸而股慄；聞盜賊之名，則掩耳而不願聽。而士大夫亦未嘗言兵，以為生事擾民，漸不可長，此不亦畏之太甚，而養之太過歟！（《蘇東坡全集·應詔集》卷四）

不過，太祖雖以加強禁軍為強幹要務，但藩鎮武力猶強，節度使武人猶眾；地方勢力雖不足與中央抗衡，保境禦敵還不必全賴禁軍。直到太宗以後，繼續削弱藩鎮，從此中央益強而地方益弱。太宗以禁軍伐

遼，兩度失利以後，全國便無可用之兵，終於二虜為患，交相要挾，重因宋室，而無以制之了。

　　至於精銳部旅完全聚集京師，散在地方的廂兵、鄉兵、藩兵都是老弱殘兵，不堪作戰。所以當禁軍不足以禦侮，只有屢屢增加招募，擴充兵額。結果數目愈多，素質愈差，形成大量冗兵。據《宋史》卷一八七〈兵志・禁軍上〉所載：太祖開國之初，禁軍廂軍總兵額數僅為二十萬，開寶年間（西元 968 至 976 年）增為三十七萬六千。太宗至道時（西元 995 至 997 年）增至六十萬六千，真宗天禧時（西元 1017 至 1021 年）再增為九十一萬二千。仁宗慶曆時（西元 1041 至 1048 年）更增為一百二十五萬九千。英宗治平時（西元 1064 至 1067 年）略降為一百一十六萬二千。從開國到英宗治平間，前後不過百年，兵額增加五倍之多。又據宋李燾《續資治通鑑長編》卷一六一慶曆七年十二月庚午條，載三司使張方平言以估計：禁軍每人每年約支五十緡，廂軍三十緡。以此為準，則英宗治平時畜禁軍六十六萬三千人，每年需支三千三百一十五萬緡；廂軍四十九萬九千人，每年需費一千四百九十七萬緡，合計每年共需五千八百一十二萬緡。而《宋史》卷十七九〈食貨志下〉一〈會計〉載：英宗治平二年國家總歲入為一億一千六百一十三萬八千四百五十緡，則養禁、廂軍之費用，佔總歲入半數以上。冗兵一多，遂造成財政上沈重的負荷。《續資治通鑑長編》卷二〇四英宗治平二年正月壬午條，載司馬光言可證：

> 太祖皇帝之時，天下兵數，不及當今十分之一……自景德以來，中國既以金帛綏懷外服，不事征討，至今六十餘年，是宜官有餘資，民有餘財。而府庫殫竭，倉廩空虛，水旱小愆，流殍滿野，其故何哉？豈非邊鄙雖安，而冗兵益多之所致乎？此乃天下所共知，非臣一人之私言也。

冗兵之外，朝廷右文賤武，獎掖文士。又寬又濫的科舉制度開放了作官的門路，既繁且複的行政機構增添了作官的名額，宋代的官員比漢唐來的龐大許多，也促使冗員問題加遽。同時文官待遇優渥，除正俸

之外，還有名目繁多的給與和賞賜，糜費公帑，也形成財政上極大的負擔。據《宋史》卷一七九〈食貨志下〉一〈會計〉所載眞仁英三朝宗室吏員受祿者數目，可見當時冗官增益的概況：眞宗時文武官總數是九千七百八十五員，至仁宗皇祐中（西元 1049 至 1053 年），增爲一萬五千四百四十三員，至英宗治平中，約計爲二萬五百九十員，較眞宗時增加近三倍。又按史載，眞宗時官祿歲費緡錢九百餘萬，以此爲準，則英宗治平中官祿費用當在二千餘萬緡。不僅如此，由於官制紊亂，冗官特多，事不專任，但憑差遣，職責不明，行政效率低落。積漸所至，內外惰職，苟且偷安，不喜更張精進，只求容悅固寵。尤其地方宰守，既以差遣方式任用，三年更迭，名不正，任不久，因此多因循敷衍。不圖有功，但蘄無過。有責互推，有過互諉，上下相蒙，左右相欺，更形成虛浮泄沓偷惰之習。

除冗兵費、冗吏費，還有朝廷祭祀天地所用的郊費，以及償付外族的歲幣等支出，是宋雖無皇帝窮奢極慾，但財政枯竭，民生窮困，內部危機日深一日的最大原因。按《宋史》卷一七九〈食貨志下〉一〈會計〉所誌歷朝歲出入金帛數與其盈虧情形，太祖、太宗時不可詳考。唯至道末年，歲入二億二百二十四萬五千八百緡，猶有羨餘。天禧間，歲入一億五千零八十五萬一百緡，總歲出一億二千六百七十七萬五千二百緡，已轉盈爲虧，其後則每況愈下了。皇祐初，歲入一億二千六百二十五萬一千九百六十四緡，歲出大略此數。英宗治平二年，歲入一億一千六百一十三萬八千四百五十緡，歲出一億三千一百八十六萬四千四百五十二緡，而臨時費又一千一百五十三萬一千二百七十八緡，歲出超過二千餘萬。由太祖至英宗，不過百年，府庫由羨溢而平衡；由平衡轉爲虧絀。梁啓超所撰《王荊公》第二章：「洎荊公執政始，而宋之政府及國民，其去破產蓋一間耳。」宋的積弱與積貧是互爲因果的。足見北宋國策的流弊與內在的憂患。

北宋武功不競，以致外患不絕。主要的來源有兩方面：一是北邊的遼，一是西陲的夏。宋太祖時，一心致力於國內割據政權的統一，

先後討滅南平、後蜀、南漢、南唐，對遼只能採取守勢。而當時遼政治荒怠，無力南侵，所以維持相安無事的局面，但宋建都汴京，位在黃河南岸，一片平原，無險可守。而屏障北邊的燕雲十六州，除瀛、莫二州外，由後晉的石敬塘割讓予契丹，迄未收復。太祖對敵人隨時可以威脅都城，不敢掉以輕心，曾致力積貯財帛，作爲來日收復失地之用，但終太祖之世，宋遼並無大規模之衝突。

　　宋遼的衝突，始於太宗太平興國四年（西元 979 年），太宗親征北漢時，遼派軍援助北漢，爲宋所敗。當北漢滅亡，國內統一，太宗打算乘勝追擊，恢復燕雲失土，遼派大將耶律休哥赴援，結果，大敗宋師於高梁河。雍熙三年（西元 986 年），太宗再度伐遼，兵分三路挺進。其東路又被耶律休哥大敗於岐溝關，中西路也被迫退師，宋的名將楊業即陣亡於此次戰役中。宋二度敗績，從此軍儲一空，軍力國勢頓蹶，不敢再輕言北伐。後來逐漸由主戰轉向主和，和議的論調往往瀰漫朝廷。而此時遼的國勢達到全盛，時常採取報復手段，侵擾河北河東之地，二十年間幾無寧日，予宋室莫大的威脅。

　　眞宗景德初（西元 1004 年），遼聖宗大舉南下，攻瀛州，直抵黃河北岸的澶淵（河北濮陽西南），距汴京僅三百里，宋朝野大爲震恐，紛紛討論遷都。王欽若請幸金陵，陳堯叟請幸成都。眞宗爲人怯懦寡斷，唯宰相寇準、畢士安獨排眾議，固請御駕親征，以王旦爲東京留守。當眞宗渡河至澶州，軍心大振。但眞宗無決戰之意，衹在相機求和，既而遼軍統帥撻覽以輕騎掠地，中伏戰死，士氣大挫。遼蕭太后聽宋降將王繼忠居間協調，於是與宋談和，締結「澶淵之盟」。宋歲許輸銀十萬兩，絹二十萬匹，且遼聖宗以宋眞宗爲兄。澶淵之盟後，眞宗深感恥辱，罷斥寇準外，做出許自欺欺人的事。如自製符瑞，引天命自重，以威服契丹，使之不敢輕視中國。又赴泰山封禪，往返四十七日，費錢八百三十萬緡。又製造天書下降，建玉清照應宮以安置，日役數萬人，歷時七年始成。如此勞民傷財，並未獲得遼人尊重，卻將祖先積蓄耗費殆盡。

　　澶淵之盟後，宋遼雙方方維持和平達一百一十七年（西元 1005 至 1121 年），終徽宗宣和之世，除仁宗、神宗朝兩度爭執，宋重賂削境委屈求全外，幸無兵燹。兩次糾紛，一在慶曆二年（西元 1042 年），遼欲奪回瓦橋關以南之地，乘趙元昊反叛之釁，遣使索地。宋以新敗於夏，北邊武備廢弛已久，勢難用兵，遣富弼赴遼答聘，結果宋增加歲幣銀、絹各十萬，重立誓書，史稱「關南誓書」。一在神宗熙寧七年（西元 1074 年），遼遣使者至宋，謂宋河東路沿邊增修戍壘，侵入蔚、應、朔三州界，請求重新劃界。宋延正值王安石變法實行新政時，打算加速改革內政，以求富國強兵，恐藉口興兵，唯有讓步。沿邊境東西數百里，宋地均有損失。

　　夏，因位於宋的西北，通稱西夏。唐末以來，向受中原策封羈縻。太平興國五年（西元 980 年），李繼捧即位，因與宗族不協，無法撫輯，於七年入朝，獻銀、夏、宥、靜、綏五州之地。族弟繼遷因率族人竄奪失土，屢次寇擾銀、夏，宋師討之不克。雍熙以後，繼遷時挾遼的威勢，為患宋室，宋於是又以繼捧為定難節度使，委以舊地，以招繼遷，並賜姓趙，更名保忠。但繼遷詐降，宋以為銀州觀察使，並賜姓名為趙保吉，不久復叛。繼捧為其所誘，亦有叛意，但為宋軍所擒。其後繼遷寇掠如故。繼遷死，子德明即位，於景德三年（西元 1005 年）奉表歸順。德明在位三十年（西元 1003 至 1032 年），一意休養，事宋頗謹，因而西陲暫安。

　　明道元年（西元 1032 年），德明子元昊繼立。元昊霸氣縱橫，大肆拓土，在仁宗時期常大舉侵宋。宋首命夏竦、范雍經略西夏，削除元昊官爵以及賜姓。康定元年（西元 1040 年），元昊攻延州，大敗宋軍。宋改派韓琦、范仲淹主持對夏軍事。韓、范二人戰略不同，韓主張深入直搗，速戰速決；范則主張營田屯兵，作持久戰。慶曆元年（西元 1041 年），韓琦遣大將任福討元昊，被敵軍誘至好水川包圍突擊，宋軍盡沒，死者萬餘人。此役之後，夏氣燄大張，剽掠不已。從此韓、范同心協力，專意拒守，邊防始逐漸鞏固。元昊因屢屢出兵，人財俱乏，又貪圖宋銀，

於慶曆二年向宋乞和。次年和議成立，元昊向宋稱臣，宋封他爲夏國王，每年賜銀七萬二千兩，絹十五萬三千匹，茶三萬斤。而宋由於戰爭期間大肆擴充軍額，兵費與戰費將宋室弄得府庫空竭，財政上空前拮据。英宗治平四年（西元 1067 年），夏再度侵宋。神宗初立，加意積儲，伺機大舉。元豐四年（西元 1081 年），遣大軍五路攻夏，軍容狀盛；夏採堅壁清野的戰略引誘宋軍深入，宋死傷慘重，無功而退。次年，宋築永樂城於銀、夏、宥三州界上。西夏以三十萬軍攻城，數日城陷，主將徐禧戰死，將校死者數百人，士卒役夫達二十餘萬。西邊軍儲損失殆盡，從此無力再舉兵伐夏。而夏也逐漸衰微。

　　宋值此內外煎迫之際，危機是日深一日，宋葉適《水心集》卷五〈財總論〉：

> 太祖之前藩鎮，以執其財用之權爲最急。既而僭僞次第平一，諸節度伸縮惟命，遂強主威，以去其尾大之患者，財在上也。至於太宗眞宗之初，用度自給，而猶不聞以財爲患。及祥符天禧而後，內之畜藏稍已空盡。而仁宗景祐、明道，天災流行，繼而西事暴興，五六年不能定。夫當仁宗四十三年號爲本朝至平極盛之世，而財用大乏，天下之論擾擾，皆以財爲慮矣！是以熙寧新政，重司農之任，更常平之法，排兼倂、專斂散，興利之臣四出。

可謂一針見血之論。

　　上文主要探討的是太宗以至眞、仁時期朝廷的積弊，下文針對社會上一般生活的情形加以瞭解。宋朝的賦稅沿襲唐朝的兩稅法，但另外加徵實物，及令百姓供役，所以是庸外加庸，調外加調，百姓的負擔沈重。綜括而言，賦稅分常賦與雜賦兩項。常賦又稱歲賦，有田賦、城郭之賦、丁口之賦、雜變之賦四類。而雜賦因隨夏秋兩期田租輸納，又稱沿徵。這是唐朝以來相沿成習的陋規，實爲百姓的一種額外的負擔。宋初各朝雖曾下詔輕賦薄斂，或蠲其租賦，但由於田制不立，稅籍不完，以及吏卒爲姦，眞實受惠的，並非村鄉樸愿不能自達的窮民。而且在重斂的前提之下，雖偶爾受到免稅優惠，也無補於捐瘠。雜稅

是常賦之外凡向民徵收者皆是，通常名無常式，取無定額。有頭子錢、牙契錢、商稅、力勝錢、算緡錢等名目。這些苛捐雜稅，在宋初也曾下詔禁止或廢除，只是隨廢隨興，且愈廢愈多。宋朝賦稅煩苛的情形可知。但這些重稅，官僚、豪族、寺觀等特權階級皆得免除苛擾，真正擔負重稅的只是一般的百姓農戶。有些迫於輸賦，甚至有舉債；冒名佃作；或棄農爲兵；或匿藏里舍詐稱逃亡，而聽任田畝荒蕪不耕的。《宋史》卷一七三〈食貨志上〉一〈農田〉載太宗至道二年太常博士直使館陳靖上言：

> 今京畿周環二十三州，幅員數千里，地方墾者十纔二三，稅之入者又十無五六。復有匿里舍而稱逃亡，棄耕農而事遊惰。賦額歲減，國用不充。詔書累下，許民復業，蠲其租調，寬以歲時。然鄉縣擾之，每一戶歸業，則刺報所由。朝耕尺寸之田，暮入差徭之籍；追胥責問，繼踵而來。雖蒙蠲其常租，實無補於損瘠。況民之流徙，始於貧困，或避私債，或逃公稅。亦既亡遁，則鄉里檢其資財，至於室廬什器，桑棗材木，咸計其值。或鄉官用以輸稅，或債主取以償逋。生計蕩然，還無所詣。以茲浮蕩，絕意歸耕。

太宗之時，國用常稱饒富，府庫猶有羨餘，而人民卻苦於苛捐。此外，農田還承受豪梁兼并與重利盤剝，愈益可憐。《宋史》卷一七三〈食貨志上〉一〈農田〉：

> 比年（太宗雍熙端拱間）多稼不登，富者操奇贏之資，貧者取倍稱之息；一或小稔，富家責償愈急。稅調未畢，資儲罄然。

而《歐陽文忠公集》卷五十九〈時論〉一〈原弊〉：

> 今（仁宗康定元年）大率一戶之田及百頃者，養客數十家，其間用主牛而出己力者，用己牛而事主田以分利者，不過十餘戶；其餘皆出產租而僑居者曰浮客，而有畬田。夫此數十家者，素非富而畜積之家也。其春秋神社婚姻死葬之具，又不幸遇凶荒與公家之事，當其乏時，嘗舉債於主人而後償之，息不兩倍，則三倍，及其成也，出種與稅而後

> 分之。償三倍之息，盡其所得，或不能足，其場功朝畢而
> 暮乏時，則又舉之。故春冬舉食，則指麥於夏而償；麥償
> 盡矣，夏秋則指禾於冬而償也。似此數十家者，常息三倍
> 之物，而一戶常盡取百頃之利也。夫主百頃而出稅賦者一
> 戶，盡力而輸一戶者，數十家也。就使國家有寬征薄賦之
> 恩，是徒益一家之幸，而數十家者，困苦常自如也。故曰
> 有兼并之弊者，謂此也。

是以張詠《乖崖先生文集》卷二〈憫農〉詩：「春秋生成一百倍，天下
三分二分貧。」年成無論多麼豐收，大多數仍不免窮餓，人民負擔的沈
重和痛苦之深，可想而知。社會上貧富懸殊情形嚴重，凡官吏、豪門等
享有特權之份子，生活富裕；貧苦艱困的大率都是一般的百姓農戶！

二、有識之士銳意革新

（一）王禹偁

在內外煎迫，外有敵人環伺，內又民生艱困的情形下，有識之士
起而主張變法革新。真宗初即位（西元 997 年），王禹偁知揚州，上
《五事疏》，主張安內以攘外：

1. 謹邊防，通盟好，使輦運之民，稍流於下。
2. 減冗兵，併冗吏，使山澤之饒，稍流於下。
3. 艱難選舉，使入官不濫。
4. 沙汰僧尼，使民無耗夫。
5. 親大臣，遠小人。使忠良謇諤之士知進而不疑；姦陰傾巧之
   徒，知退而有懼。

此乃厚植民力，以安定民生之主張。只可惜真宗雖有心求好，卻不免
於因循，王禹偁的讜論終不為所用。直至仁宗時，范仲淹主持慶曆變
法，才具體實施在政策上。

（二）范仲淹

慶曆元年（西元 1040 年），范仲淹任參知政事，與韓琦、富弼共

同執攻。范仲淹提出「十事疏」（《范文正公集・政府策議上・答手詔條陳十事》），即變法新政的政策綱要。內容有三大項：

1. 澄清吏治：明黜陟、抑僥倖、精貢舉、擇官長、均公田五事。
2. 富民強兵：厚農桑、修武備、減徭役三事。
3. 屬行法治：推恩信、重命令二事。

主要也是從安內著手，而首要工作在澄清吏治。宋代吏治有兩項極不合理的制度，「磨勘」是官吏升遷之法。規定文資三年一遷，武資五年一調，不限內外，不論勞逸，均可循資晉級。結果賢與不肖並進，甚至賢者被排擠以去，而不肖者反久居高位。「恩蔭」之法是：凡達官顯貴，其子孫及異姓親屬門客等，都可獲賞而得官祿。所謂明黜陟、抑僥倖即針對兩項制度而言。因此主張嚴訂考績之法，無功不擢；各項恩蔭也主張大加減除。精貢舉，主張廣興學校，作育人材；應試者不唯須藝業及格，並須稽考平日行誼。試進士者，以試策論為主，其次詩賦。擇官長，主張遴選各路之長官，再由各路長官甄別州的官吏。均公田，主張將政府頒給州縣的職田，平均分配，使地方官無論大小，均得以厚祿而盡職。厚農桑，主張由政府幫助農民興利除害，開河渠、築堤堰等。修武備，主張恢復府兵制，先於近畿實施，漸及諸路。減徭役，主張省併戶口稀少之縣邑，以減省其地人民之徭役。推恩信，主張各機構施政守法，不得有損朝廷威信。重命令，主張審慎法令，不可倉促立法，應制長久之法令。

范仲淹的新政，極獲仁宗賞識。但府兵制受朝臣大力反對，未能允准實行，其休各項也引起了極大的反動。主要是宋開國以來至仁宗的百年間，重文輕武，優容士人，漸漸士人成為特權階級。他們不願放棄既得利益，更安於現狀，不願改革，所以群起反對。范仲淹執政不到一年，便倉皇求去，出巡西北邊境。所有新政全被推翻，仁宗只有罷相以平息政治的風潮。慶曆變法徹底宣告失敗，但它是宋室自強的開端，影響普遍而深遠，也為熙寧變法之先聲。范仲淹未能得志，宋室仍然積弱，只有等待神宗再嘗試第二次大舉改革，以求自強了。

第二節　文學潮流

一、宋初詩壇的發展

　　唐代詩歌的發展，至李白、杜甫、韓愈、白居易、賈島、李商隱諸家，已經眾體賅備，登峰造極。入宋以後，勢必逐步式微，而為另一種新作風所取代。但是，宋人承五代喪亂，民生凋敝，文化衰落之後，欲為詩別開生面，另闢一新境界，談何容易？唯一可行之途，即是由振衰起敝入手。因此中晚唐的詩，如元稹、白居易、李商隱、溫庭筠、賈島、姚合諸家，在宋初並沒有銷聲斂跡；反而因為徐鉉、王禹偁、楊億、劉筠、九僧等競相提倡摹擬，而再度興盛起來。其中宗李義山的稱西崑體；宗白居易的稱白體，或香山體；宗賈島的稱晚唐體。幾乎完全因襲中晚唐的風格，為舊的勢力所籠罩。從詩的發展言：宋詩之始，充其量祇能算是唐詩的一股餘波而已，不能算是真正的宋詩。它彷彿是艷陽後的一抹斜陽殘照，狂濤後一陣微波盪漾，終歸要沒落下去。這是新舊交替時期常有的現象。至於最後取代這股餘勢的，是仁宗慶曆以後的歐陽脩、梅堯臣、蘇舜欽、王安石等人。他們的詩並未在體製上推陳出新，但內容上、風格上，變舊格，出新意，展現了宋人獨特的風格。

（一）西崑體

　　宋初，由於海內晏安，朝廷右文，因此學術文化逐漸發展，而文風也轉趨蓬勃。《宋史・文苑傳》：

> 藝祖革命，首用文史而奪武人之權，宋之尚文，端本乎此。
> 太宗真宗在藩邸，已有好學之名，及其即位，彌文日增。
> 自是厥後，子孫相承，上之為人君者，無不典學；下之為
> 人臣者，自宰相以至令錄，無不擢科，海內文士，彬彬輩
> 出焉。

相關的，詩壇也自然活躍起來。由於五代戰亂頻繁，詩格卑凡淺陋，入宋以後，想遽爾開創一代之風氣，並非易事，遂鑽仰唐賢諸集，取

以風詠摹習。宋嚴羽《滄浪詩話‧詩辯》：「國初之詩，尚沿襲唐人。」清葉燮《原詩》：「宋初襲唐人之舊。」

在瀰漫著一股摹習唐賢的風潮中，以楊億、劉筠所領導提倡的西崑體勢力為最大，也最負盛名。縱橫詩壇達四十年之久。它的興起，據《西崑酬唱集》編者楊億〈序〉中所言：

> 予景德中忝佐修書之任，得接群公之遊。時會紫微錢君希聖、秘閣劉君子儀，並負懿文，尤精雅道，雕章麗句，膾炙人口。予得久遊其牆藩，而資其楷模。二君成人之美，不我遐棄，博約誘掖，置之同聲。因以歷覽遺編，研味前作，挹其芳潤，發於希幕，更迭唱和，互相切劘。……

當在真宗景德年間（西元 1004 至 1007 年）。按楊億，字大年，生於開寶七年，天禧四年卒（西元 974 至 1020 年）。當時三十餘歲，任翰林學士左司諫知制誥，與大理評事秘閣校理劉筠、太僕少卿直秘閣錢惟演等共十八人，雅好雕章麗句，並彼此更迭唱和。由於楊、劉、錢三人都任職館閣，文名很盛；而相與唱和應酬的人，又都是在朝有聲望之士，如李宗諤、晁迥、薛映、丁謂，所謂：「風起於上，而波震於下」，於是西崑體很快便風靡天下，成為詩壇的主流。宋歐陽脩《六一詩話》：

> 自楊劉唱和《西崑集》行，後進學者爭效之，風雅一變，謂西崑體。緣是唐賢諸詩集幾廢而不行。

宋劉克莊《後村詩話前集》卷二：

> 君謨以詩寄歐公，公答云：「先朝楊、劉風采聳動天下，至今令人傾想。」

足見西崑體崛起於詩壇，並在當代掀起一股莫大的浪潮。

西崑詩人宗主唐代唯美詩人李商隱，以及李之同調唐彥謙，並極力模倣之。他們共同的風格特色，即是《西崑酬唱集‧序》所謂之「雕章麗句」四字，也就是重視詩歌的形式之美。如：對偶求其嚴整，用典求其豐縟，辭采求其富艷，近體聲調求其鏗鏘。歷代詩家皆有評論，撮舉尤要者條列如下：宋葉少蘊《石林詩話》卷中：

楊大年、劉子儀皆喜唐彥謙詩，以其用事精巧，對偶親切。

宋魏泰《臨漢隱居詩話》：

> 楊億、劉筠作詩，務積故實，而語意輕淺，一時慕之，號
> 西崑體，識者病之。

宋朱弁《風月堂詩話》卷下：

> 句律太嚴，無自然態度。

宋葛立方《韻語陽秋》卷二：

> 大率效李義山之豐富藻麗，不作枯瘠語……（楊文）公嘗
> 論義山詩，以謂包蘊密緻，演繹平暢，味無窮而炙愈出，
> 鑽彌堅而酌不竭。

而《四庫提要・西崑酬唱集》下：

> 其詩宗法唐李商隱，詞取妍華，而不乏興象。效之者漸失
> 本眞，惟工組織，於是有優伶撏撦之戲。……要其取材博
> 贍，練詞精整，非學有根柢，亦不能鎔鑄變化，自名一家，
> 固亦未可輕詆。

集諸家正反面的評論，要不出前述四項形式主義的特色。祇是他們效法李商隱等之精緻工巧，有過之而無不及。

如李商隱〈馬嵬〉：「空聞虎旅傳宵柝，無復雞人報曉籌。此日六軍同駐馬，當時七日笑牽牛。」（《玉谿生詩集箋注》卷三）溫庭筠〈蘇武廟詩〉：「回日樓臺非甲帳，當時冠蓋是丁年。」（《風月堂詩話》卷下引）與唐彥謙〈題漢高廟〉：「耳聞明主提三尺，眼見愚民盜一抔。」（葉少蘊《石林詩話》卷中引）練詞精整，猶有深意，令人回味。而楊億〈漢武詩〉：「力通青海求龍種，死諱文成食馬肝。」一聯，宋劉攽《中山詩話》以爲「義山不能過也」。另〈南朝詩〉「步試金蓮波濺襪，歌翻玉樹涕沾衣」之句，更是工巧中含有大氣象。檢閱《西崑酬唱集》律體中間兩聯，沒有不對仗嚴整的。排律則首聯即屬對，直到尾聯，多者至三數十韻，皆儷偶精審。西崑之喜好對偶可知。

李商隱〈人日〉詩：「文王喻復今朝是，子晉吹笙此日同。舜格有苗句太遠，周稱流火月難窮。鏤金作勝傳荊俗，翦綵爲人起晉風。

獨想道衡詩思苦，離家恨得二年中。」（《玉谿生詩集箋注》卷三）在八句之中連用十餘典故。楊億〈談苑〉：「義山爲文，多簡閱書冊，左右鱗次，號獺祭魚。」詩中往往有全首皆用典故的。而楊億《述懷感事》三十韻，以及劉筠所和詩，則句句用事以逞能。歐陽脩《六一詩話》：

> 先生老輩患其多用故事，至於語僻難曉，殊不知自是學者之蔽。如子儀〈新蟬〉云：「風來玉宇烏先轉，露下金莖鶴未知。」雖用故事，何害爲佳句也？又如「峭帆橫渡官橋柳，疊鼓驚飛海岸鷗。」其不用故事，又豈不佳乎？蓋其雄文博學，筆力有餘，故無施而不可。非如前世號詩人者，區區於風雲草木之類，爲許洞所困者也。

西崑詩人雅好用典，可見一斑。

其次，李商隱詩喜用麗詞，如：貝闕、冰綃、玉樓、瓊樹、瑤席、金羈、繡戶、畫樓、金縷枕、玉交杯、雕玉佩、鬱金裙等，皆習見的語彙。而西崑詩人倣效之，如錢惟演《宣曲二十二韻》，凡疊用絳縷、銀鐶、紈扇、玉壺、雕屏、寶帳、琉璃、蔗漿、瓊蕊、羅襪、丹奈、紫梨、玉膏、翠蓋、青鸞、赤鳳、璧璫、瓊戶等，滿目琳瑯，極盡雕繢之能事。方回《瀛奎律髓》：「凡崑體，必於一物之上，入金玉錦繡等字以實之。」是絲毫不誇張的評語。

李商隱生當晚唐，其時風氣務以聲病諧婉相尚。許顗《彥國詩話》：「李義山詩字字鍛鍊，用事婉約，仍多近體。」按《西崑酬唱集》所收五七言律，共二百四十七首，即無一首古體。

關於西崑體風格之形成，與所以興盛之故，有如下三點背景因素。

1. 天下晏安，朝廷右文：太宗太平興國以後，國內統一，民生安定，呈現一片承平時代繁華富庶的景象。再加上朝廷尊崇文人，文學創作隨之蓬勃展開。詩作在這樣的年代，往往在自然中呈現或反映時和年豐的時代社會現象，故蘇舜欽序《石

曼卿集》：「祥符中，民風豫而泰，操筆之士，率以藻麗勝。」
（《蘇學士集》卷十三）

2. 楊劉酬唱，多出館閣：由於西崑諸公皆出身館閣，館閣乃是
翰藻之場，凡草制頌、作箋啓、著史記，例以四六駢體；而
風格期其宏雅典麗，又必以對偶諧律用事麗字爲高。於是耳
目所接，心手所造，浸以成習，不自意以對偶諧律用事麗字
移於詩體。況且楊劉等人，官居清要，身處宮禁，品物之見
率極壤寶，因此作風趨向富縟。

3. 晚唐五代，習尚妍華；宋承其後，接其餘風：據王啓方〈宋
初詩壇與西崑詩體〉一文：「晚唐時候，文學已經完全擺脫了
實用的社會性意義，而漸漸趨向於唯美的要求。六朝時駢儷
的餘波復有迴旋振盪之勢，律賦四六都在晚唐五代時完成了
體制，而新興的詞，更是異軍突起，一切的變革，都是引導
著詩歌走向穠艷綺麗。而這種艷麗的風格，也就一直的傳到
宋代初年。」（《兩宋文史論叢》）與詩體本身的發展有關。

由於宋初沒有其他大詩派足以與之匹敵，因此西崑體就脫穎而出，成
爲當日詩壇的主流，並獨領風騷四十年。

　　崑體的興盛，有其時代背景，並與提倡者地位有關；但是，仍有
其本身不可抹滅的價值。清劉熙載《詩概》：

　　　　楊大年、劉子儀學義山爲西崑體，格雖不高，五代以來，
　　　　未能有其安雅。

《儒林公議》：

　　　　西崑體雖頗傷於雕摘，但五代以來蕪穢之氣，由茲盡矣。（梁
　　　　昆《宋詩派別論》引）

它的文辭密麗，氣象安雅，掃除五代來詩壇衰頹卑凡的作風，直接師法
晚唐；而又「建立了盛世之雅音，以爲治時之觀飾」，迎合了反映了那
個時代環境。然而，由於社會環境漸漸轉變，後進只知一味摹擬，堆砌
辭藻，舖排典故，以致末流走向被淘汰的命運。宋劉攽《中山詩話》：

祥符天禧中，楊大年、錢文僖、晏元獻、劉子儀以文章立朝，爲詩皆宗尚李義山，號西崑體。後進多竊義山語句。賜宴，優人有爲義山者，衣服敗敝，告人曰：「我爲諸館職撏撦至此。」聞者懽笑。

王安石《臨川集》卷八十四〈張刑部詩序〉：

楊、劉以其文詞染當世，學者迷其端原，靡靡然窮日力以摹之，粉墨青朱，顛錯叢厖，無文章黼黻之序。其屬情藉事，不可考據也，方此時，自守不污者少矣。

西崑體末流的弊端，是具有普遍虛浮侈麗的共性，而缺乏個人眞實的性情與獨特的風格；衹是一味的潤飾太平，卻無法完全的反映其時的社會人生。

至於令西崑體走上沒落之途的主要原因有二點：一是觸犯時忌，朝廷下詔禁止。一是飽受新興的反動勢力嚴厲的譴責批判。陸游《渭南文集》卷三十一〈跋西崑酬唱集〉：

祥符中，嘗下詔禁文體浮艷。議者謂是時館中作〈宣曲〉詩，〈宣曲〉見《東方朔傳》，其詩盛傳都下，而劉楊方幸，或謂頗指宮掖，又二妃皆蜀人，詩中有「取酒臨邛遠」之句，賴天子愛才士，皆置而不問，獨下詔諷切而已，不然亦殆矣。

但眞宗僅詔令禁止文體浮艷而已。天聖中，又下詔敕學者去文體浮華。直到石介作〈怪說中〉：

楊億窮妍極態，綴風月，弄花草，淫巧侈麗，浮華纂組。刓鎪聖人之經，破碎聖人之言，離析聖人之意，蠹傷聖人之道……其爲怪大矣。（《徂徠集》卷五）

及〈與君貺學士書〉：

自翰林楊公倡淫詞哇聲，變天下正音四十年，眩迷盲惑，天下瞶瞶晦晦，不聞有雅聲。嘗謂流俗益弊，斯文遂喪。（《徂徠集》卷十五）

痛陳西崑體之弊，西崑體衹有結束它燦爛輝煌的四十年生命，黯黯然的消失於詩壇。西崑體結束，也就是唐體正式宣告沒落。

（二）白　體

西崑體盛行於眞宗時代，但在此之前，已有相對於師法義山精整縟麗風格，而師法白居易平易近俗作風的白體，在詩壇上活躍了。他的代表人物有李昉、徐鉉、徐鍇，以及王禹偁。而由出生最遲而又詩名最著的王禹偁主盟。《滄浪詩話詩辯》：

> 國初之詩尚沿襲唐人，王黃州學白樂天。

宋蔡啓《蔡寬夫詩話》：

> 國初沿襲五代之餘，士大夫皆宗白樂天詩，故王黃州主盟
> 一時。

王黃州即王禹偁。禹偁，字元之，生於後周顯德元年，卒於眞宗咸平四年（西元 954 至 1001 年），四十八歲，太平興國八年中進士。至道三年知揚州，眞宗初即位，上疏言五事（見本章第二節），後出知黃州，故世稱王黃州。

王禹偁對於唐朝杜甫、白居易的詩，不唯崇尚，同時心摹手追。在〈示子詩〉中有「本與樂天爲後進，（予自謫居，多看白公詩）敢期子美是前身」之句，表達了他推崇杜、白之意。原來杜詩，從五代以至宋初，備受輕視，楊億甚至譏其爲「村夫子」，王禹偁卻一反世俗之見。他的作品，據吳之振《宋詩鈔·小畜集鈔序》言：

> 元之詩學李杜……是時西崑之體方盛，元之獨開有宋風
> 氣，於是歐陽文忠得以承接流響。文忠之詩，雄深過於元
> 之，然元之固其濫觴矣。穆修、尹洙爲古文於人所不爲之
> 時，元之則爲杜詩於人所不爲之時者也。

及翁方綱《石洲詩話》卷三：

> 《小畜集》五言學杜，七言學白，然皆一望平弱，雖云獨
> 開有宋風氣，但於其間接引而已。

則王禹偁之在宋朝詩史的地位，即令不具備積極開拓新風氣的大氣魄，至少也可算是宋詩的先驅人物。

一般而言，唐代的寫實主義是從杜甫始興，而完成於白居易之手。杜甫創作的題材極廣，包涵了政治的興衰、社會的動亂、飢餓與

貧窮的痛苦，戰爭徭役的罪惡等內容，一方面暴露了社會的黑暗面，一方面也寄予個人深切的關懷與同情。一舉掃除齊梁初唐宮體臺閣體詩人所歌詠的綺情與富艷，以及盛唐浪漫派所憧憬的神奇與超越；而傾向於表現真情實感的社會人生。王禹偁對於杜詩特別重視的是創新這一點。《小畜集》卷九〈日長簡仲咸詩〉有「子美集開新世界」之語，可謂別具特識。他的五言古詩共四卷七十一首，多屬長篇，如〈酬种放徵君詩〉長一百韻，〈月波樓詠懷〉也長六十八韻，另〈感流亡〉、〈對雪〉、〈射弩〉等作，風格皆與杜詩接近。而〈五哀詩〉更為明顯，是傲杜甫〈八哀〉而作。《小畜集》卷九〈示子詩〉序：

> 前賦〈春居雜興〉詩二首，間半歲不復省視，因長男嘉祐讀《杜工部集》，見語意頗有相類者，咨于予，且意予竊之。予喜而作詩，聊以自賀。

及《蔡寬夫詩話》：

> 元之本學白樂天詩。在商州嘗賦〈春日雜興〉：「兩株桃杏映籬斜，裝點商州副使家。何事春風容不得，和鶯吹折數枝花。」其子嘉祐云：「老杜嘗有『恰似春風相欺得，夜來吹折數枝花』之句，語頗相近。」因請易之。王元之忻然曰：「吾詩精詣遂能暗合子美邪？」更為詩曰：「本與樂天為後進，敢期子美是前身。」卒不復易。

由此可知，其詩不唯模擬杜詩至於形貌神似，甚至有與杜詩語句偶合者。

白居易，是繼杜甫之後，與元稹齊名，並居中唐寫實主義的領導地位。他曾建立了一套以諷諭為主的實用文學理論。《白氏長慶集》卷四十五〈與元九書〉，明白地標舉了他「文章合為時而著，歌詩合為事而作」的文學宗旨，亦即文學須真實表現社會人生。卷一〈讀張籍古樂府〉詩：「為詩意如何？六藝互鋪陳。風雅比興外，未嘗著空文。」卷一〈寄唐生詩〉：「非求宮律高，不務文字奇。惟歌生民病，願得天子知。」是要將文學恢復到三百篇六義四始——具有寓意託諷的標準。所謂「言之者無罪，聞之者足以戒」。他主張詩既要負起「補

察時政，洩導民情」的功能，則凡無病呻吟，未能揭發社會的弊病，及反映民間疾苦的文學不苟作。而要發揚詩之諷諭的偉大使命，作為主政者戒，以補諫章的不足，應「以情為根，以義為實，以言為苗，以聲為華」，質妍並重，既達到文學實用的功能，又兼顧文學的藝術性。然而他的〈新樂府序〉裡又說：「其辭質而徑，欲見之者易諭也。其言直而切，欲聞之者深誡也。其事覈而實，使采之者傳信也。其體順而肆，可以播於樂章歌曲也。總而言之，為君為臣為民為物為事而做，不為文而作也。」（《白氏長慶集》卷三）則為達到文學所負最高的諷喻的目的與教化之功能，他採用新樂府體裁創作。內容務求覈實外，聲調可以不講究高響，詩句亦可以不求奇詭，只要儘量做到平易近俗、明白流暢的要求即可。

　　王禹偁酷愛白居易的詩。他閱覽白詩，可以追溯自兒童時期。後貶商州，自覺遭遇與之近似，讀白詩尤有會心，《示子》詩自註：「予自謫居，多看白公詩。」他的古詩、歌行多含美刺──諷諭朝政，以及關心民瘼之作。如〈不見陽城驛〉、〈放言詩〉、〈芍藥詩〉等，都著意模倣。總計《小畜集》七言歌行共兩卷二十五首，都是摹擬白居易新樂府的作品。其中〈戰城南〉，〈對酒吟〉、〈和馮中允爐邊偶作〉等，風貌俱似白作。但兩人也有所差異，白居易俚淺而致俗，王禹偁則自然而見雅趣。清賀裳《載酒園詩話》：

> 王元之秀韻天成，常有臨清流披惠風之趣。雖學樂天，然得其清，不墮其俗，此善於取材者也。

是學前人而又不落前人窠臼，能自樹風格，自成面目者。《小畜集》卷七〈畬田詞〉之四：

> 北山種了種南山，相助力耕豈有偏。願得人間皆似我，也應四海少荒田。

以及卷七〈泛吳松江〉一首：

> 葦蓬疏薄漏斜陽，半日孤吟未過江。惟有鷺鷥知我意，時時翹足對窗船。

王啓方〈宋初詩壇與西崑詩體〉一文指爲「質樸自然，已見宋詩步驟」。

宋初凡學白體的詩人，除王禹偁之外，還有如李昉、徐鉉、徐鍇，都循著平夷雅正的路線，不尙韓孟的奇險與溫李的瑰麗。不用奇字，不押險韻，不雕琢，不纖佻，能夠避免過份的輕俗，爲宋詩別開蹊徑，頗有披草萊，斬荊棘，篳路襤褸的開創之功。

王禹偁曾三知制誥，一爲翰林學士，爲當日士人所宗仰，其所領導的白體，何以不能與西崑派匹敵，熠耀於詩壇？我們所知：崑體詩人身處富貴，眼見的是宋朝開國初年承平豫樂的一面；而王禹偁生於孤寒而死於窮困，於民生痛苦的一面尤有深刻的體驗。無論崑體或白體，是皆從不同角度去觀照其所處之人生環境，只是王禹偁一派這種以反映社會問題民生疾苦爲主的詩風，較不能迎合時和年豐，生活傾向華靡的大眾的脾胃而已。其次，是沒有師友相互切磨，並在理論上積極地起來反抗西崑。劉大杰《中國文學發展史》第十八章〈宋代社會環境與文學思想〉即明白指出：

> 以平淺質樸的散體說理記事……表現眞情實感的生活，一掃西崑臺閣體的富貴氣與浮艷氣，而歸於質樸無華不事虛語的眞實境界。他們因未曾在理論上積極地起來反抗西崑，只在創作上消極地取著不合作的態度，故他們一時未能在當日之文壇造成有力的運動。

不過，其後宋之國勢日趨貧弱，民生日益艱困，倣效杜、白之詩，正足以肆應當日的時局，結果予宋詩的發展，帶來不小的影響。歐陽脩以後之宋詩，即是承著這個基礎，一脈向前發展而來。

（三）晚唐體

晚唐體流行於太宗太平興國間至仁宗天聖間，大約四五十年左右。代表人物如九僧（據司馬光《溫公續詩話》：劍南希晝、金華保暹、南越文兆、天台行肇、沃州簡長、青城惟鳳、淮南惠崇、江東宇昭、峨嵋懷古）、魏野、寇準、林逋、潘閬、趙湘、魯三交等。他們

的詩，規摹晚唐的賈島。《蔡寬夫詩話》：

> 唐末五代，流俗之詩自名者……大抵皆宗賈島輩，謂之賈
> 島格，而於李杜，特不少假借。

元方回《桐江續集》卷三十二〈羅壽可詩序〉：

> 宋劇五代舊習，詩有白體、崑體、晚唐體……晚唐體則九
> 僧最逼真。

《載酒園詩話》：

> 宋初九僧詩，稱賈司倉入室之裔。

則晚唐體，乃是沿襲五代宗尚賈島之詩風而發展。

　　在中唐，白居易與韓愈同時，兩人詩風截然不同。韓在論文方面主張「文以載道」，與白的諷諭詩的主張近似，但在創作方面，韓不似白那般強調文學的社會使命與功用，而較為偏重於技巧的講求。韓將初盛唐沈、宋、王、孟以來的風格，以艱險的作風一手扭轉過來；白則以平易近人，明白流暢的詩體糾正他們的庸熟。韓詩的特點：一是用散文句法入詩，二是用奇字造怪句。與韓愈同屬一派的是孟郊及賈島。

　　賈島原是僧侶，受韓愈勸說而還俗，後屢舉進士不第，境遇求舛，生活困窘。人們將他與孟郊並稱，形容他們「郊寒島瘦」。是因為其詩乏韓愈豪邁的氣魄，都有清奇僻苦的特色。賈島曾自述其吟詩的生涯：

> 二句三年得，一吟雙淚流。知音如不賞，歸臥故山秋。(《四
> 庫提要·長江集》下：「舊本《唐音統籤》載島〈送無可上人詩〉
> 『獨行潭底影，數息樹邊身』二句之下，自注一絕」云云，此即注詩。)

其詩以五律最擅長，如《長江集》卷四〈題李凝幽居〉、卷一〈客喜〉、卷三〈江亭晚望〉、卷五〈憶江上吳處士〉、卷六〈雪晴晚望〉等，都具有清奇僻苦而又帶著寒峭的特色。由於過甚刻劃，過於求新求奇，總是佳句多而佳篇少。而賈島同時之姚合，境遇與賈島相近。其詩雖也苦吟，卻不似賈島的寒酸與苦楚。作品亦自成一家，世人稱武功體。

　　晚唐體諸家也許風格相異，但有下面四點共同的特色：

1. 工於鍊句：《瀛奎律髓》：「每首必有一聯工，又多在景聯，晚唐之定例也。」如魏野《東觀集》卷六〈書逸人俞太中屋壁〉，有「洗硯魚吞墨，烹茶鶴避煙」之句，正是晚唐力求工警之例證。

2. 長於寫景：明楊慎《升菴詩話》卷十一：「晚唐之詩，分為二派……一派學賈島……學乎其中，日趨于下。其詩不過五言律，更無古體。五言律起結皆平平，前聯俗語，十字一串帶過，後聯謂之頸聯，極其用工，又忌用事，謂之點鬼簿。惟搜眼前景而深刻思之，所謂『吟成五個字，撚斷數莖鬚』也。」如魯三交〈遊華山張超谷詩〉：「太華鎖深谷，我來眞景分。有苗皆是藥，無名不生雲。急瀑和煙瀉，清猿帶雨聞。幽棲未忍別，峰半日將薰。」純用白描，不用一事，而華山景色，宛然紙上。

3. 氣味清新：即以寇準之勳業偉績，作詩仍與林逋、魏野等閑逸之隱士同一氣味。如《忠愍集》卷中〈春日登樓懷歸〉：「高樓聊引望，杳杳一川平。遠水無人渡，孤舟盡日橫。荒村生斷靄，深樹語流鶯。舊業通清渭，沈思忽自驚。」

4. 中聯多佳句：劉克莊《後村詩話後集》卷一：「五言尤難工。林和靖一生苦吟，自摘出十三聯，今惟五聯見集中，如『隱非秦甲子，病有晉春秋』、『水天雲黑白，霜野樹青紅』、『風回時帶笛，煙遠物藏春』，如郭索鉤輈之聯，皆不在焉。七言十七聯，十逸其三，向非有摘句圖傍證，則皆成逸詩矣。」林逋之詩，中聯特多秀色，歐陽脩最讚賞其〈山園小梅〉「疏影橫斜水清淺，暗香浮動月黃昏」之句，以其能曲盡梅之體態。（〈山園小梅〉見《林和靖集》卷二）又惠崇〈訪楊雲卿淮上別墅〉：「河分岡勢斷，春入燒痕青」，最為自負，也出自領聯。

總之，晚唐派重鍊句而不重鍊意，偏近體而輕古體，尤好五律。近人

梁昆《宋詩派別論》：

> 晚唐派病多而善寡，其病曰狹，蓋專攻近體而篇幅狹，專
> 點綴景物而詩境狹。篇幅詩境俱狹，則詩之內容外貌皆狹
> 矣。

由於內容形式意境皆狹，無寬闊之氣象，以致縱橫詩壇較崑體、白體
爲久，終無法領袖群倫，成爲詩派的主流，其影響自然也不如崑體與
白體了。

二、宋初的文學思想

　　宋朝的文學改革運動，是由一代宗師歐陽脩所倡導並發揚光大
的。恰似中唐時期韓愈、柳宗元發起古文運動之前，已有陳子昂、元
結、蕭穎士、李華、獨孤及、柳冕等鄙薄六朝文學的浮靡工麗，先後
提出宗經尊聖助教化切實用的文學理論一般，亦有若干先驅人物，起
而針砭時文之弊，大張反對西崑派的旗幟，高唱改革復古的主張。只
是風氣初開，菁華末盛，所以並未成功，醞釀之久，及至歐陽脩始告
完成。

　　宋初是由柳開、石介、王禹偁、穆修、尹洙等人拉開文學改革運
動的序幕。其時，古文銷沈已久，而盛行於世的西崑派又不能厭服人
心，文學改革運動遂應時而生。他們幾人並非都是文學家，只是在言
論上鼓吹復古運動，主張文道合一的思想是一致的。綜合而言，主要
是明道、致用、尊韓、與重散體、反西崑五點。

　　先說尊韓。宋初的運動，可謂完全是繼承韓愈的運動。一切論調
主張與態度，無非都是韓愈精神的再現。最爲顯明的，便是「統」的
觀念，《韓昌黎全集》卷十一〈原道〉：「堯以是傳之舜，舜以是傳之
禹，禹以是傳之湯，湯以是傳之文武周公，文武周公傳之孔子，孔子
傳之孟軻，軻之死，不得其傳焉。」既爲道統說之所本，也是文統說
之所出。因韓愈一生學道好文，二者兼營，所以斯文斯道一脈之傳，
在宋初學者看來，便全集在韓愈身上。如柳開《河東集》卷一〈應責〉、

卷二〈東郊野夫傳〉，孫復《孫明復小集・信道堂記》，石介《徂徠集》卷七〈尊韓〉、卷十二〈上張兵部書〉、卷十六〈與裴員外書〉、卷十二〈上趙先生書〉，王禹偁《小畜集》卷十八〈答張扶書〉等，無不持此種看法。推尊韓愈，並以韓愈繼承文統道統。

　　所謂明道，韓愈在道統上是極力排擊與儒道不相容的釋道思想，在文統上，是尊經重散。宋初繼承此一思想而來，祇是到了後來道學家們矯枉過正，走上道統的極端，一方面將文學的價值否定了，一方面妨礙文運的開展。但此種議論在當日實際上極為普遍。如柳開《河東集》卷五〈上王學士第三書〉：

> 文章為道之筌也，筌可妄作乎？筌之不良，獲斯失矣。女惡容之厚於德，不惡德之厚於容也。文惡辭之華於理，不惡理之華於辭也。

主張道才是主體，是目的；文學只是道的附庸，是手段。儼然後來道學家「文以載道」的口吻，開啟道學家論文之先聲。趙湘論文也傾向於道。〔註1〕

〔註1〕關於道之解釋，參見郭紹虞《中國文學批評史上卷》第六篇〈北宋之文論〉：文學批評中之道的觀念，其大部分固是受儒家思想之影響，實則道的含義至不一致。有儒家所重之道，也有釋老所言之道，各人道其所道。……此則所謂性質上的分別。蓋在韓愈以前，其闡明文與道的關係者有兩種主張：其一則偏主於道者，如荀卿、揚雄便是。荀之言曰：「凡言不合先王，不順禮義，謂之姦言。」（〈非相篇〉）揚之言曰：「委大聖而好乎諸子者，惡睹其識道也。」（《法言・吾子篇》）這些話都是偏重在道的方面。而所謂道，又是只局於儒家之說者。其又一則較偏於文，如劉勰便是。《文心雕龍・原道篇》云：「文之為德也大矣，與天地並生者何哉？夫玄黃色雜，方圓體分，日月疊璧，以垂麗天之象；山川煥綺，以舖理地之形，此蓋道之文也。」又云：「故知道沿聖以垂文，聖因文而明道，旁通而無滯，日用而不匱。《易》曰：『鼓天下之動者存乎辭。』辭之所以能鼓天下者，迺道之文也。」這些話又較重在文的方面，而所謂道又似不囿於儒家之見者。論文而局於儒家之道，以為非此不作，所以可以云「載」。論文而不囿於儒家之道，則所謂道者，「萬物之所然也，萬理之所稽也。」「聖人得之以成文章。」（並《韓非子・釋老篇》語）此所以文與天地並生，而亦可以云「貫」。……是故言文以明道，則

　　所謂致用，是合於實用，要有勸導教化之實際功能，即《詩·序》所謂「經夫婦、成孝敬、厚人倫、美教化、移風俗」的儒家教化的社會功能。這是由於文學要達明道務本的目的，往往先產生「文惡辭之華於理，不惡理之華於辭」這種過於重質輕文的文學理論；繼而，又必然提出文學致用的要求。所以又開政治家的論文主張。如柳開《河東集·上王學士第四書》、《孫明復小集·答張洞書》，論道多重在實用，偏於教化，此種思想至石介更加顯明。如《徂徠集》卷五〈怪說上〉、〈怪說中〉、卷十八〈送龔鼎臣序〉、卷十六〈與張秀才書〉、卷十二〈上趙先生書〉，卷十三〈上蔡副樞書〉，再三致意。後劉彝於熙寧間云：「臣聞聖人之道有體有用有文。……國家累朝取士，不以體用爲本，而尚聲律浮華之詞，是以風俗偷薄。臣師當寶元明道之間，尤病其失，遂以明體達用授諸生。」述其師胡瑗之學。所謂明體，是道學家之所務；達用則是政治家之所本。明體達用以成其文，正是宋初的共同風氣。又李覯《盱江集》卷二十七〈上李舍人書〉，有所謂「欲觀國者，觀文而可矣」之語，是文章反映政治之說。

　　所謂重散體，明道致用既是文學的最高準則，爲達此目的，駢文與詩歌被視爲不適用的體裁。穆修表示：「李杜專雄歌詩，於道未極其渾備」，以爲僅有散體古文始能達到「辭嚴義偉，製述如經」和明道致用的功效。他們以《六經》爲模範，推崇古文家韓愈、柳宗元，目的在反對「雕繪繟刻」矯飾之作風，而求文章的「明白曉暢」。柳開〈應責〉：

> 古文者，非在辭澀言苦，使人難讀誦之；在千古其理，高其意，隨言短長，應變作制，同古人之行事，是謂古文也。……吾若從世之文，安可垂教於民哉？

將尊重古文之理由解說的非常明白。

　　宋初的文學運動中，柳開與趙湘是在文的運動之外兼有道的運動，石介與孫復在文與道的運動之外，兼有教的運動，均非純粹文的運動。比較純粹屬於文的運動，在宋初唯有王禹偁、穆修和宋祁。其中王禹偁和宋祁並宗韓愈，王得韓的平易，宋得韓之奇險；而穆修則兼宗韓柳。如就文論文，唯此三家值得稱述。

　　王禹偁在詩壇上，爲白體之領導者，並爲宋詩開闢一條新的蹊徑；在文章方面，對時文頗表不滿，有意於復古。《小畜集》卷十九〈送孫何序〉：

> 咸通以來，斯文不競，革弊復古，宜其有聞。國家乘五代之末，接千歲之統，創業守文，垂三十載，聖人之化成矣，君子之儒興矣。然而服勤古道，鑽仰經旨，造次顚沛，不違仁義，奉奉然以立言爲己任，蓋亦鮮矣。

卷四〈五哀詩〉之二〈哀高錫〉：

> 文自咸通後，流離不復雅。因仍歷五代，秉筆多艷冶。

所以主張《六經》尊韓柳。但韓愈倡導古文，建立「文必己出」、「務去陳言」之說；又爲挫折駢體，故爲文力求奇崛。由於才高，得之心應於手，下筆輒成宏篇鉅製。然猶不免矯枉過正，至以樊宗師之艱澀爲文從字順。其後，皇甫湜、孫樵乃刻意求文之怪奇；唯李翱平易之作風，無人承襲，終使古文因艱澀而中道衰落。王禹偁深體韓愈之微旨，所取於韓愈者，並不在其難，也並不在奇險，見《小畜集》卷十八〈答張扶書〉與〈再答張扶書〉，而在於明白易曉。當時有一輩學者，對於古文亦有所誤解，不是以爲必須「辭澀言苦，使人難誦讀之」，便是以爲必須磔裂章句隳廢聲韻破偶而用奇，王禹偁以爲都不必如此。換言之，在道方面，不需辭澀言苦的古文；在文方面，也並不以屬辭比事爲可恥，無須乎章句之磔裂。王禹偁將一般人對韓愈之誤解，站在平易的立場細加說明。《昌黎文集》卷十八〈答劉正夫書〉：「及睹其異者，則共觀而言之」，又：「能者非他，能自樹立不因循者是也」，是韓門以至宋初尚奇一派的根據，他並不反對，卻能闡說此

意以成為自己的主張，便是他識見卓越超群之處。王禹偁為文主張明白易曉，為宋代古文發展指示了一條正確的方向。

穆修在宋初古文運動的地位，與柳開同等重要。兩相比較，柳重在道，穆重在文。重在道者尊韓，重在文者兼崇柳。

宋祁之文，嚴於用字，淵源自韓門的樊宗師、皇甫湜一派。後人多將他視為西崑派。所以未能成為古文運動之領導人物，郭紹虞以為有三點：一是作品未臻成熟。至晚年雖有悟入，但不如歐陽脩流傳之廣。二是宋人論文本有偏道傾向，如又嚴於用字，則與淫巧侈麗浮華纂組之駢文同一機軸。如《蘇東坡續集》卷十一〈上歐陽內翰書〉、張耒《張右史文集》卷五十八〈答李推官書〉，都是攻擊宋祁的論調。歐陽脩則主自然。三是宋派不合時尚，繼起無人，不似歐門有三蘇、曾鞏、王安石為羽翼，而蘇門又有張耒、晁補之、秦觀、黃庭堅流傳其薪火，所以宋派式微，而所謂古文運動，也唯有歐陽一派足以當之。

所謂反西崑，在明道、致用、尊韓、重散四個宗旨下，對於當日風靡天下，一味「綴風月，弄花草，淫巧侈麗，浮華纂組」的西崑派文風，自然要一致加以排擊。由石介〈上蔡副樞書〉、〈與君貺學士書〉，穆修《穆參軍集》卷二〈答喬適書〉，可見當日由於西崑體聲勢浩大，從事古文運動者，相形可謂勢力薄弱，工作十分艱鉅。誠如穆修所言，提倡古文之人，大都遭排訐罪毀，目為怪異，既非富貴利祿之門，又且得不到先輩師友的獎譽。再加上柳開、石介等，大都是道學家，所作不能符其所倡，即使提出堅實而有力的理論，對當日文風的扭轉，也未能興起預期中巨大的反響。

三、以歐陽脩為首的文學改革運動

歐陽脩無疑的是當代所公認的文壇領袖，字永叔，真宗景德四年生，神宗熙寧五年卒（西元 1007 至 1072 年）。天聖八年進士，歷仕知諫院、翰林學士，至禮部尚書、樞密副使、參知政事。又以觀文殿學士刑部尚書知亳州，徙青州、蔡州。諡號文忠。

　　宋朝文學改革運動在歐陽脩領導之下，所以能夠盛大的展開，一舉扭轉了古文的頹勢，自有其客觀與主觀的因素。在客觀上，如前所述，是西崑末流不愜人意，又遭朝廷詔令禁止；此外，與時代環境的改變，以及文體本身的演化，不無關係，試進一步說明如下：

1. 仁宗以來國勢日趨貧弱，內憂外患交相逼迫，在政治上，尋求富國強兵自強改革之際，接連地帶動文壇強烈的變革的呼聲。當日一般學者通認文章好壞關乎治道與國家氣運，力圖藉韓愈之人品卓識，以及議論雄贍氣勢恢宏之文章風格，以振起民心，移易風俗。要將雕繪鏤刻、風格柔弱，不堪肆應時勢的駢文消滅；而採取那宜於表情達意、造語平淺順暢、作風樸素的散體以代之。

2. 石介、穆修引周孔之道作爲穩定社會的思想工具，並藉其涵化佛老思想。文學既被視爲改革社會風俗及人心思想的工具利器，被要求富含明道致用的功能，簡明單行的散體可謂最適合應用，也最容易普及不過的了。這爲歐陽脩的改革運動已舖了先路。

3. 開國初年之勝國貴胄，已相繼凋零，繼起之名臣巨宦，泰半出身於平民，由於起家寒素，賴慘澹經營以守成，自然較不喜矯飾，較不喜拘拘於繩律。

　　4. 文體妍極而衰，轉而追求質樸的自然遞嬗，也是原因之一。在有利的客觀條件下，再配合本身（1）在理論上有所建樹。（2）在創作方面有優異的表現——歐陽脩既是散文大家，又兼駢文、詩、詞高手。（3）在政界學界並居於崇高的地位，威望很高。再有朋輩尹洙、梅堯臣、蘇舜欽輔佐於旁，門下士王安石、曾鞏、蘇軾追隨於後。文學改革運動至此，遂順利展開。接下來探討他的文學主張。

　　郭紹虞《中國文學批評史》上卷第六篇，曾將北宋文論分成古文家、道學家、政治家三派。異同如下：「古文家與道學家的主張，最足以代表其兩端。至介於其間者，則又有政治家的論調。古文家所重

在文，道學家所重在道，政治家則以用爲目標，而不廢道與文。」以此說爲標準，歐陽脩的文學思想，最足以代表古文家的思想。他大致上遠與韓柳，近與石穆諸人相同。特色是重道又重文，是先道而後文。《歐陽文忠公全集》卷四十七〈答吳充秀才書〉、卷四十三〈送徐無黨南歸序〉，及卷六十八〈答祖擇之書〉，都可以看出他論文的觀點。一方面視道爲文人的修養、基本功夫，欲藉道以爲重，卻不因道而廢文。他之重視文事，可由論碑誌文字得到印證。如《歐陽文忠公集》卷七十三〈論尹師魯墓誌〉，乃根據史家褒貶之法，以爲鎔裁的標準，已啓後世義法之說。

　　在歐陽脩之前致力鼓吹尊韓的學者不乏其人，均未能形成氣候。當日作韓文的不唯不多，即《昌黎文集》也流廣不廣。歷經歐陽脩補綴校定，並與尹洙共同以古文寫作，才達到「天下學者非韓文不學」的盛況。《歐陽文忠公集》卷七十三〈記舊本韓文後〉：

> 予爲兒童時……得唐《昌黎先生文集》六卷，脫落顛倒無次第，因乞李氏以歸，讀之見其言深厚而雄博。然予猶少，未能悉究其義，徒見其浩然無涯若可愛。是時天下學者，楊劉之作號爲詩文，能者取科第擅名聲，以誇榮當世，未嘗有道韓文者。予亦方舉進士，以禮部詩賦爲事。年十有七，試於州，爲有司所黜，因取所藏韓氏之文復閱之，則喟然歎曰：「學者當至於是而止爾。」……後七年，舉進士及第，官於洛陽，而尹師魯之徒皆在，遂相與作爲古文。因出所藏《昌黎集》而補綴之，求人家所有舊本而校定之，其後天下學者亦漸趨於古，而韓文遂行於世，至今蓋三十餘年矣。學者非韓不學也，可謂盛矣。

尊韓的理由，是「其言深厚而雄博」、「浩然無涯之可愛」，正是針對西崑派內容浮淺狹隘而發。在崛起爲雄力復古氣格的過程中，不免遭遇阻力。《蘇東坡前集》二十四〈居士集敘〉：

> 愈之後三百有餘年，而後得歐陽子。其學推韓愈孟子，以達於孔氏，著禮樂仁義之實以合於大道。其言簡而明，信

而通，引物連類，折之於至理，以服人心，故天下翕然師尊之。自歐陽子之存，世之不悅者讒而攻之，能折困其身，而不能屈其言，士無賢不肖，不謀而同曰：「歐陽子，今之韓愈也。」宋興七十餘年，民不知兵，富而教之，至天聖景祐極矣，而斯文終有愧於古，士亦因陋守舊，論卑而氣弱。自歐陽子出，天下爭自濯磨，以通經學古為高，以救時行道為賢，以犯顏納說為忠，長育成就，至嘉祐末，號稱多士，歐陽子之功為多。

終能得到世人的推崇。張耒《柯山集拾遺》卷十二〈上曾子固龍圖書〉、晁說之《嵩山集》卷十五〈與三泉李奉議書〉，都推崇至無以上之。

以歐陽脩在文壇的地位，擢拔蘇洵、曾鞏、王安石、蘇軾、蘇轍等，如此推波助瀾，彼呼我應，披靡四十餘年的駢文，終於變成散行古雅了，甚至賦也由律賦產生了散文賦。蘇洵《嘉祐集》卷十二〈上歐陽內翰第一書〉論歐陽脩文章的特色：

執事之文，紓餘委備，往復百折，而條達疏暢，無所間斷。氣盡語極，急言竭論。而容與閑易，無艱難勞苦之態。此三者，皆斷然為一大家之也。……蓋執事之文，非孟子、韓子之文，而歐陽子之文也。

雖效法孟、韓，卻能表現本色，自創一格。

歐陽脩於致力倡導古文的同時，也有意從事當日詩風的扭轉與改革。他要避開西崑體的矯揉造作，使詩歌的創作，從西崑體的桎梏下徹底的解放。葉夢得《石林詩話》：

歐陽文忠公詩始矯西崑體體，專以氣格為主，故其言多平易疏暢，律詩意所到處，雖語有不倫，亦不復問。

有關「氣格」二字之意義，徐復觀〈宋詩特徵試論〉一文有透闢之闡釋，可參見。「以氣格為主」，簡言之，就是將個人氣質人品學養胸襟融入作品中，表現一種雄壯而不柔弱的風格。「言多平易疏暢」，則是一種自然樸素的作法，這可以視為古文運動的延伸。不過文自文，詩自詩，錢鍾書《宋詩選註》論說最為詳盡：

他深受李白和韓愈的影響，要想一方面保存唐人定下來的
形式，一方面使這些形式具有彈性，可以比較暢所欲言，
而不致於削足適屨似的犧牲了內容。希望詩歌不喪失整齊
的體裁，而能接近散文那樣的流動瀟灑的風格。以文爲詩
這點上，他爲王安石、蘇軾等人奠了基礎。

在古文的創作上，歐陽脩繼承韓愈的精神；於詩，也隨其步武，風格
上很接近。

　　在中唐詩人裡，白居易尙平易，韓愈是以艱險偏勝。韓詩的特徵
如下：（1）以散文句法入詩，內容多敘事與議論。如〈南山詩〉連用
或字爲句首共五十一句，全是散文氣味。而〈月蝕〉，〈譴瘧鬼〉皆極
力舖張排比，不脫賦的手法。（2）反庸俗，反陳言剽竊，所以多用硬
句、奇字和險韻，結果不免矯枉過激。韓愈熟習《尙書》、《詩經》和
《說文解字》，做詩喜用奇字、險韻，造句尤其喜歡用拗折句法。如
《昌黎全集》卷二〈薦士詩〉：「有窮者孟郊」、卷六〈符讀書城南〉：
「乃一龍一豬」、卷四〈送區弘南歸〉：「子去吳時若發機」之類，都
是顯著的例子。韓詩多古體，佳作也盡在古體，律待最少。大蓋是才
力雄厚，不屑拘於聲律之故。《六一詩話》：「退之筆力無施不可，其
資談笑、助諧謔、敘人情、狀物態，一寓於詩，而曲盡其妙。」清葉
燮《原詩》：「韓愈爲唐詩之一大變，其力大，其思雄，崛起特爲鼻祖。
宋之蘇梅歐蘇王黃，皆愈爲之發其端，可謂極盛。」他的詩對宋朝詩
人發生極大的影響，而歐陽脩算是第一人。

　　歐陽脩的詩，同樣也具有濃厚的散文氣息，如〈獲麟贈姚闢先
輩〉，即通篇以文章爲韻語。而〈南獠〉一詩，開創宋詩好紀事的風
氣。此外，古體也深得韓愈的風格。如〈廬山高贈同年劉中允歸南康〉、
〈明妃曲和王介甫作〉，本人也甚爲自負。綜合他的詩，有以下六個
特點：（1）主氣格，賤藻麗。（2）主鍊意，輕修辭。（3）以文爲詩。
（4）以議論爲詩。（5）以詩紀事。（6）打破聲律儷偶的局限，求得
詩體的解放。

　　當日被歐陽脩引爲左右手的梅堯臣、蘇舜欽，對詩風的改革同樣也盡了相當的力量。歐陽脩曾以石曼卿比盧全，蘇舜卿比張籍，梅堯臣比孟郊。而梅堯臣《宛陵集》卷三十五〈依韻和永叔澄心堂紙答劉原甫詩〉：「退之昔負天下才，掃掩眾說猶除埃。張籍盧仝鬥新怪，最稱東野爲奇瑰。……歐陽今與韓相似，海水浩浩山嵬嵬。石君蘇君比盧籍，以我擬郊嗟困摧。」可知他們這群志同道合的詩友，都以韓孟張盧自許，都想對當日淫靡的詩壇做些「掃掩眾說猶除埃」的工作。葉燮《原詩・外篇》：

> 開宋詩一代之面目者，始於梅堯臣、蘇舜卿二人。自漢魏至晚唐，詩雖遞變，皆遞留不盡之意，即晚唐猶存餘地，讀罷掩卷，猶令人屬思久之。自梅蘇變盡崑體，獨創生新，必辭盡於言，言盡於意，發揮鋪寫，曲折層累以赴之，竭盡乃止。

清沈德潛《說詩晬語》卷下：

> 宋初臺閣倡和，多宗義山，名西崑體。梅聖俞、蘇子美起而矯之，盡翻窠臼，蹈屬發揚，才力體製非不高於前人，而淵涵渟滀之趣，無復存矣。

既說明二人在改革運動中的重要地位，也表明二人的詩欠缺「含蓄」之美。然而梅聖俞曾說作詩之法：「必能狀難寫之景如在目前，含不盡之意見於言外，然後爲至矣。」（見《六一詩話》）足見自作不如了。梅堯臣作詩又主張造語平淡。《宛陵集》卷二十八〈依韻和晏相公〉：「因吟適情性，稍欲到平淡」，〈讀郡學士詩卷〉：「作詩無古今，惟造平淡難」，都是他自己的口供。只是仍不免顯得平而無勁，淡乎寡味。

　　蘇舜欽與梅堯臣齊名，兩人自有風格特色。《六一詩話》：

> 聖俞、子美齊名於一時，而二家詩體特異。子美筆力豪雋，以超邁橫絕爲奇；聖俞覃思精微，以深遠閒淡爲意。各極其長。

蘇不同於梅苦心經營而返於平淡幽微，大抵顯出較爲豪壯奔放的情調。歐陽脩〈答子美離京見寄〉：「其於詩最豪，奔放何縱橫！間以險

絕句，非時震雷霆。」奔放、縱橫之外，加上奇壯、逸峭，都是蘇詩的特徵，與韓愈甚為接近。《蘇學士集》中如卷一〈大霧〉、〈己卯冬大寒有感〉，卷二〈吳越大旱〉、〈城南歸值大風雪〉、〈大風〉等，喜用奇僻的字句描寫恐怖的場面，營造一種陰森的氣氛，近於韓愈的盤空硬語。梅聖俞的代表作有：〈初冬夜坐憶桐城山行〉、〈舟中聞蚤〉、〈田家語〉、〈汝墳貧女〉等。二人詩風儘管不同，但與歐陽脩皆致力於改變西崑體富艷的風格的立場是一致的。

第三章　王安石的生平經歷

　　文學作品不僅受到時代環境的影響，更與作者本身的家世、性情、人格修養，以及人生境遇等，有著密不可分的關係。這是基於個人先天的氣質才賦，和後天學養習染不同之故。它深深左右作品的內涵與風格；而風格就如影隨形般永遠跟隨著作品。《文心雕龍・體性篇》：

> 才有庸俊，氣有剛柔，學有淺深，習有雅鄭，並情性所鑠，陶染所凝。……故辭理庸俊，莫能翻其才；風趣剛柔，寧或改其氣；事義淺深，未聞乖其學；體式雅鄭，鮮有反其習，各師成心，其異如面。……賈生俊發，故文潔而體清；長卿傲誕，故理侈而辭溢；子雲沈寂，故志隱而味深；子政簡易，故趣昭而事博；孟堅雅懿，故裁密而思靡；平子淹通，故慮周而藻密；仲宣躁銳，故穎出而才果；公幹氣褊，故言壯而情駭；嗣宗俶儻，故響逸而調遠；叔夜俊俠，故興高而采烈；安仁輕敏，故鋒發而韻流；士衡矜重，故情繁而辭隱，觸類以推，表裡必符。

舉出因著不同的才賦氣質，不同的學養習染，即形成各種的作品風格特色。劉萍《文學概論》第六章論文學的風格：

> 所謂文學的風格，除了作家的個性與人格外，難道與文學的技巧毫無關係嗎？……再則，所謂風格的養成，與作家的一切經驗、學習、家世、遭遇等等，都有密切關係的。

風格的塑造成型，除前述因素外，還包括作者的身世、經驗、遭遇。事實上，葉燮《原詩》說的好：

　　詩的心聲，不可違心而出，亦不能違心而出。

因此，從傳記資料當中研索作者的生平經歷，從而明瞭作者的處境和心境，是有助於論者評賞作品。

第一節　家世背景

　　王安石，字介甫，眞宗天禧五年（西元 1021 年）十一月十二日生於臨江軍（江西清江縣），哲宗元祐元年（西元 1086 年）四月初六薨於金陵（南京市），年六十六歲。撫州臨川（江西臨川縣）人。晚年隱居江寧半山園（在南京紫金山附近，又名白塘）。由城東門至蔣山，此爲半道，因自號半山老人。元豐三年，受封荊國公，故世稱王荊公。卒諡爲「文」，世又稱王文公。

　　王安石的遠祖已不可考，世居於太原，後徒家撫州臨川。曾祖諱明，不仕，贈太師中書令。祖諱用之，亦不仕，贈太師中書令兼尙書令（見《臨川集》卷九十一〈王平甫墓誌〉）。有子益、孟等五人。祖母謝氏（西元 964 至 1053 年），累封永安縣君。據曾鞏所誌墓銘：「其色和，其容謹，聞其言儉而勤。退而聞其爲婦順，爲母慈，知其所以享其福祿者其宜也。」（《元豐類稿》卷四十五〈永安縣君謝氏墓誌銘〉）不僅具備婦女之嘉行懿德，垂範子孫，且享有高壽及子孫福祿。

　　叔祖諱貫之（西元 967 至 1028 年），眞宗咸平三年登陳堯咨榜進士。王氏起家登進士，即自王貫之開始。（註1）《臨川集》卷九十六〈主客郎中知興元王公墓誌銘〉載：「少力學，以孝悌稱於鄉里。」「既壯，起進士，……至則以才任劇，在上者交舉之。」「公於爲獄，務在寬民，而以課田桑爲急，按渠陂之故，誘民作而修之，利田至萬

〔註1〕按曾鞏〈永安縣君謝氏墓誌銘〉：「王氏由工部（王益）之叔父尚書主客郎中贈太常少卿諱觀之始起家爲能吏。」貫之觀之，殆是一人。

九十頃，天子賜書獎諭。」所至之處，皆有治績。對上官驕氣，不予計較，而能以禮相待；對同輩相嫉，無所存於心，而能受詔擢拔，任使必能吏，治獄必從寬。享年六十二，官至尙書主客郎中。夫人張氏，有子七人，女三人。

外祖姓吳諱畋，撫州金谿人。曾鞏《元豐類稿》卷四十五〈仁壽縣太君吳氏墓誌銘〉：「有善行，鄉里稱之。」外祖母黃氏（西元972至1042年），《臨川集》卷九十〈外祖黃夫人墓表〉：「夫人淵靜裕和，不彊而安。事舅姑夫撫子皆順適。」「卒夫人之世，戚疏愚良，一無間言。」「又喜書史，曉大致。」「夫人資寡言笑，聲若不出，雖族人亦不知其曉書史也。」又曾鞏〈仁壽縣太君吳氏墓誌銘〉：「黃氏兼喜陰陽數術學，故夫人亦通於其說。」通曉書史，並遵尙傳統禮教。

畋有兄諱敏，於淳化三年成進士。原配謝氏，有四子：芮、蕡、蕃、蒙；而蕃蒙爲夫人曾氏所生。芮爲天聖二年進士，蒙爲寶元五年進士。吳氏世居於臨川三十里外之金谿，地名烏石岡，所居又有柘岡，金谿以儒起家，吳氏爲最早。吳敏夫人曾太君，即王安石夫人的祖母（西元985至1058年），《臨川集》卷一百〈河東縣太君曾氏墓誌銘〉：「某實夫人之外孫，而夫人歸之以其孫者也。」又：「夫人於財無所蓄，於物無所玩。自司馬氏以下史所記世治亂人賢不肖，無所不讀。蓋其明辨智識，當世游談學問知名之士，有不能如也。雖內外族親之悍強頑鄙者，猶知嚴憚其爲賢。而夫人拊循應接親疏大小，皆有禮焉。」爲人淡泊且賢淑。王安石之祖母外祖母，皆知書達禮，以致族親上下和睦，被及於諸婦女，無不知書能文。不僅王氏閨門世有家法，而得於外戚之助尤多。

父諱益，字損之（西元994至1037年），祥符八年登蔡齊榜進士，任建安主簿。初試啼聲，即有政績，令賴以治。眞宗天禧間，爲臨江軍判官，居清江縣，王安石即出生於官舍內。《臨川集》卷七十一〈先大夫述〉：「守不法，公遇事輒據爭之以故事。一政吏爲文書謾其上，至公輒閣。軍有蕭灘，號難渡，以腐船渡輒閣，吏呼爲判官灘。」有

所爲也有所不爲。出領新淦縣，縣大治，三十年後，吏民稱說如公在。改大理寺丞，知廬陵縣，又大治。移知新繁縣，改殿中丞。「到縣，條宿姦數人上府，流惡處，自餘一以恩信治之。嘗歷歲不笞一人。」此外，「修學校，禮師儒，與梅摯等唱和詩賦最多。」（蔡元鳳《王莉公年譜考略》卷一引《四川省名宦志》）仁宗天聖八年知韶州。改太常博士尙書屯田員外郎。明道二年，衛尉府君卒，解官回臨川。景祐三年，服除回汴京。次年，通判江寧府。以寶元二年二月去世，年四十六。仕至尙書都官員外郎，贈太師中書令兼尙書令潭國公。（《臨川集》卷九十九〈長安縣太君王氏墓誌〉）王安石〈先大夫述〉：「公於忠義孝友非勉也，宦遊常隨親行，獨西川以遠又法不聽。在新繁未嘗劇飲酒，歲時思慕，哭殊悲，其自奉如甚嗇者。異時悉所有又貸於人，治酒食，須以娛其親，無秋毫愛也，人乃或以爲奢。居未嘗怒笞弟子，每置酒，從容爲陳孝悌仁義之本，古今存亡治亂之所以然甚適。其自任以世之重也，唯人望公則亦然。」《臨川集》卷七十一〈先大夫集序〉：「少而博學，及強年有仕進之望，其志欲有以爲而遽沒，其於文所以不暇也。……得舊歌詩百餘篇。」爲人有大志，博學能詩文，孝友慈愛，又自奉甚儉。

母吳氏（西元 998 至 1063 年），出身撫州望族。據曾鞏〈仁壽縣太君吳氏墓誌銘〉：「好學強記，老而不倦。其取舍是非，有人所不能及者。然好問自下，於事未嘗有所專也。」「黃氏兼喜陰陽數術學，故夫人亦通於其說。」好學而有識度。「其自奉養未嘗擇衣食。」「方其隱約窮匱之時，朝廷嘗選用其子，堅讓至於數十。或謂可強起之，夫人曰：此非吾所以教子也。卒不強之。及處顯矣，其子嘗有歸志，而以不足於養爲憂。夫人曰：吾豈不安於命哉！安於命者非有待於外也。其子爲知制詰，故事，其母得封郡太君，夫人不許言，故卒不及封。此夫人之德見於行事之跡。」正所謂「視世俗之好，無足累心者」。「平生養舅姑甚孝」，能敬事長上。有子七人，安仁、安道二子徐氏所生，其餘安石、安國、安世、安禮、安上。女三人。「夫人之愛其

長子甚於少子，……故其子孫已壯大，有不知爲異母者。」「其處內外親疏之際，一主於恩，有讒訕踞罵己者，數困苦，常置之，不以動聲色，亦未嘗有所含怒於後也。有以窮歸己者，急或分衣食，不爲秋毫計惜，以其故至不能自給，然亦未嘗不自若也，盡其篤行如此，而天然之所有也。」天性純愛厚道。

　　叔父諱師錫，少孤，致孝於其母，《臨川集》卷九十三〈叔父臨川王君墓誌銘〉：「憂悲愉樂不主己，以其母而已。學於他州，凡被服食飲玩好之物，苟不愜吾母而力能有之者，皆聚以歸，雖甚勞窘，終不廢。豐其母以及其昆弟姑姊妹，不敢愛其力之所能得；約其身以及其妻子，不敢歉其意之所欲爲。其外行，則自鄉黨鄰里及其嘗所與遊之人，莫不得其歡心。」此乃王氏一貫之門風。

　　長兄安仁，字常甫（西元 1015 至 1051 年），於皇祐元年登馮京榜進士，《臨川集》卷九十六〈亡兄王常甫墓誌銘〉：「七歲好學，毅然不苟戲笑。」「學完行高，江淮間州爭欲以爲師。」「孝友最隆。」「道德畜於身而施於家，不博見於天下，文章名於世，特以應世之須爾。」其次安道，字勤甫，未仕，且早喪。弟安國，字平甫（西元 1028 至 1074 年），《臨川集・王平甫墓誌》：「自丱角未嘗從人受學，操筆爲戲，文皆成理。年十二，出其所爲銘詩賦論數十篇，觀者皆驚。自是遂以文學爲一時賢士大夫所譽歎。蓋於書無所不該，於詞無所不工。」才高學博，工詩文，爲當世大賢所推重。屢次舉進士皆不中，神宗即位，召試，賜進士及第。「孝友，養母盡力，喪三年常在墓側。」可謂才行卓越。官至大理寺丞，有文集六十卷。妻曾氏，子旂、斿二人，女五人。《宋史》有傳。其次安世，生平不詳。其次安禮，字和甫，嘉祐六年登王俊民榜進士，也能詩文，《宋史》有傳。安上，字純甫。妹三人，長適長沙縣張奎，次適天長朱明，次適揚州沈季長。

　　夫人吳氏，封吳國夫人，蔡元鳳《王荊公年譜考略》卷九據《孫公談圃》：「吳蒙，荊公夫人之叔父。」而考王安石夫人可能爲吳芮之女。工於文學，曾約諸親游西池，有「待得明年重把酒，攜手，那知

無雨又無風」之句，一時傳誦。有子雱、旁二人，女三人。雱，字元澤，治平四年登許安世進士榜。臨川王氏之登進士，自咸平三年始，至熙寧元年，六十九年間，共有八人。長女適吳充之子安持，次女適蔡卞，三女早夭。

王安石出身撫州的望族，但非人文薈萃之京都大邑；王氏一門自叔祖王貫之始中進士，父王益繼之於後，也不算具有顯赫官宦的背景。而王安石位極人臣，一手推動大規模的政治改革，詩文俱成大家，其得於家庭環境的遺傳實在有限，主要還是本身天資超穎，又好學不倦之故。

第二節　宦游經歷

王安石一身而兼政治家與文學家兩種身分，他的仕宦經歷對於作品內容風格的形成與轉變，自有相當決定性的影響。他的為官經歷，大致可劃分為四個時期：（一）是地方官吏時期。（二）是擔任京官時期。（三）是執政變法時期。（四）是退隱蔣山時期。

一、地方官吏時期

王安石出生於臨江軍，直到慶曆元年二十一歲入京應禮部試，這期間曾先後隨父親宦遊至江西廬陵、四川新繁，與廣東的韶關；十三歲時因祖母逝世返回家鄉臨川；十六歲隨父親到過汴京；次年父親通判江寧府，王安石也隨之前往，直到十九歲父親在任上去世，葬於江寧牛首山，從此才在江寧定居下來。父親之喪，王安石一家生活頓感無依，陷入困境，〈憶昨詩示諸外弟〉：「昊天一朝畀以禍，先子沒予誰依。精神流離肺肝絕。眥血被面無時晞。母兄呱呱泣相守，三載厭食鍾山薇。」平日從二兄入學為諸生，發奮苦讀，二十一歲喪滿入京求取功名，為的是「刻章琢句獻天子，釣取薄祿歡庭闈」，博取堂上歡顏。

（一）淮南判官

慶曆二年，王安石二十二歲，登楊寘榜進士第四名，以秘書郎，

簽書淮南節度判官廳公事，自此展開了王安石漫長的仕宦生涯。慶曆三年三月，王安石曾乞假歸返闊別將近十載的臨川，展先人之墓，寧祖母於堂。《臨川集》卷七十六〈上徐兵部書〉：「暮春三月，登舟而南，浮江絕湖，綿二千里，風波勁悍，雨潦湍猛，窮兩月乃至家。……十年縈鬱，一旦釋去。」〈憶昨詩示諸外弟〉：「暮春三月亂江水，勁櫓健帆如轉機。還家上堂拜祖母，奉手出涕縱橫揮。」皆描述此事。乘便也赴南豐面晤好友曾鞏，《臨川集》卷七十一有〈同學一首別子固〉。八月離臨川去揚州。翌年，再度歸臨川省親。在揚州之日，常讀書誦習達旦。慶曆五年，二十五歲，淮南判官秩滿。期間所存作品不多，可考者僅〈憶昨詩示諸外弟〉、〈讀鎮南邸報癸未四月作〉、〈得子固書因寄〉、〈黃花〉等寥寥數首。六年，解官入京聽候任用。舊制，進士登第後，或任幕職，稚滿，許獻文求試館職，王安石獨不肯應試，《臨川集》卷七十四〈上相府書〉：「某少失先人，今大母春秋高，宜就養於家之日久矣，徒以內外數十口，無田園以託一日之命，而取食不腆之祿，以至於今不能也。今去而野處，念自廢於苟賤不廉之地，然後有以共裘葛具魚菽而免於事親之憂。」主要是家庭負擔重，俸祿微薄，難住京師。於是改大理評事，知鄞縣（浙江鄞縣）。在京之日有〈丙戌五月京師作〉二首。

（二）知鄞縣

　　慶曆六年七月，王安石由京師前往鄞縣任職。始至之日，適逢天旱，《臨川集》卷七十五〈與馬運判書〉：「今歲東南饑饉如此，汴水又絕。」發生於浙東的大旱，還波及長江下游，旁及荊湖一帶，幅員達千里之廣。仁宗於次年春天三月下詔：「自冬訖春，旱暵未已，五種不入，農失作業，朕惟災變之來，應不虛發。」顯示旱象之嚴重。王安石因有〈讀詔書〉一詩。此外，《鄞縣經遊記》更翔實紀錄了當年十一月行遍鄞縣凡十四鄉鎮，前後十二日，動員鄉民致力疏浚渠川的情形。次年，慶曆八年，有〈上杜學士言開河書〉：「今之邑民最獨畏旱，而旱輒連年，

是皆人力不至，而非歲之咎也。某爲縣於此，幸歲大穰，以爲宜乘人之有餘，及其暇時，大浚治川渠，使有所瀦，可以無不足水之患。」欲爲人民謀久長之計。《宋史》稱王安石「起堤堰，決陂塘，爲水陸之利。」並非虛語。此外，《本傳》所謂：「貸穀與民，立息以償，俾新陳相易，邑人便之。」即異日推行之青苗法。王安石治理鄞縣，除重視農業，及攸關民生的水利建設，還對沿海鹽民付予極大的關注。《臨川集》卷七十六〈上孫司諫書〉提出禁鹽爲不可行：「伏見閣下令吏民出錢購人捕鹽，竊以爲過矣。海旁之鹽，雖日殺人而禁之，勢不止也。今重誘之使相捕告，則州縣之獄必蕃，而民之陷刑者將眾。無賴姦人，將乘此勢於海旁漁業之物搔動艚戶，使不得成其業。艚戶失業，則必有合而爲盜，賊殺以相仇者，此不可不以爲慮也。」建議妥善處理鹽民、艚戶、艚民與鄉民的關係。蔡元鳳：「是時公年二十八，與上大夫言，絕無忌諱如此。觀其上孫杜二書及〈收鹽〉一詩，其愛民惻怛之心，籌劃利害之明，雖復老成謀國者弗如，宜乎歐陽脩薦王安石疏云：『議論通明，兼有時才之用，所謂無施不可者。』洵非虛譽。」（《王荊公年譜考略》卷三）慶曆八年十一月，得旨歸江寧葬父於鍾山。次年改元皇祐元年，二十九歲。八月，以文彥博爲昭文館大學士，龐籍爲樞密使，共同建議省兵：「公私困竭，正坐冗兵。」主張裁減兵戎，當日在朝廷引起激烈的爭議。王安石作〈省兵〉一詩，表明省兵不可遽行，主張等百官勤儉，人民給足，然後可議省兵。皇祐二年，鄞縣任滿，先歸臨川，即刻又轉錢塘（浙江杭州），不久入京。在鄞期間有〈河北民〉、〈收鹽〉、〈禿山〉、〈天童山溪上〉、〈登飛來峰〉、〈發粟至石陂寺〉、〈鄞縣西亭〉、〈初去臨川〉、〈書陳祁兄弟屋壁〉、〈縣舍西亭〉二首、〈鮑公水〉、〈過外弟飲〉、〈烏塘〉、〈寄曾子固〉、〈初憩和州〉、〈登越州城樓〉、〈別鄞女〉等作。

（三）舒州通判

皇祐三年三十一歲，改殿中丞，通判舒州（安徽潛山縣）。四月，宰相文彥博上書薦王安石與張瓌、韓維等人恬退自守，未易多得，乞

不次進用。同時陳襄薦士書，王安石也列名其中。(《宋儒學案》) 朝廷召試館職，王安石因上〈乞免就試狀〉:「伏念臣祖母年老，先臣未葬，弟妹當嫁，家貧口眾，難住京師。比嘗以此自陳，乞不就試，……不圖遽事之臣，更以臣爲恬退……今特以營私家之急，擇利害而行，謂之恬退，非臣本意。」(《臨川集》卷四十) 實由於家中食指浩繁，京官俸祿微薄，不足養家，因此乞不就試，請佐荒州。集中有〈舒州被召不赴偶書〉一詩。王安石在舒州通判任上，致力揭露地主商人肆意兼併壟斷的危害，並提出摧制兼併的主張，爲來日革新變法的張本。寫於皇祐五年左右的〈兼并〉、〈發廩〉、〈感事〉、〈寓言〉第三第四首，即是一系列憫恤農民摧制兼併的作品。王安石之在舒州，猶如在鄞一般關心民瘼。〈舒州七月十七日雨〉，是甫至舒州，眼見微雨無助於紓解長期旱象，而官吏又無動於衷，深感憂憤而作。〈和平甫舟中望九華山四十韻〉，流露出身爲地方官卻無能爲力的慚愧心情。此外，〈郊行〉、〈促織〉，也都表達了對民生艱困的強烈關心與同情。在舒州公餘之暇，曾歷覽各地山水，如皇祐三年遊石牛洞，有〈題舒州山谷寺石牛洞泉穴〉一詩。至和元年卸任後入闕歸來，有〈遊褒禪山記〉。皇祐四年，三十二歲，作〈老杜詩後集序〉，大約同時稍後寫下〈杜甫畫像〉一詩，不唯對杜甫致上無尚的崇敬;同時，將已經沒落並且遺失散佚的杜詩二百餘篇蒐集完備，重新賦予崇高的評價，對於宋詩未來的發展，影響可謂既深且鉅。皇祐三年、五年，王安石長兄安仁與祖母謝氏相繼喪亡。王安石分別於四年、五年回江寧和臨川料理喪事。〈到舒州次韻答平甫〉、〈壬辰寒食〉、〈宣州府君喪過金陵詩〉、〈九井〉、〈幽谷引〉、〈別皖口〉、〈別灊皖二山〉、〈寄張氏女弟〉等，都作於舒州通判時期。

(四) 群牧判官

至和元年初，王安石入京，曾謁見翰林學士歐陽脩。後有〈上歐陽永叔書〉:「今日造門，幸得接餘論，以坐有客，不得畢所欲言。某所

以不願試職者……親老口眾，寄食於官舟而不得躬養，於今已數月矣。
早得所欲，以紓家之急。」以歐陽脩奉旨擔任考官，王安石無意入館，
上書表明心意。三月，准以免試，特授集賢校理。《臨川集》卷四十有
〈上辭集賢校理狀〉，辭曰：「門衰祚薄，祖母二兄一嫂相繼喪亡，奉養
婚嫁葬送之窘，比於向時爲甚。所以今茲纔至闕下，即乞除一在外差遣，
不願就試。……至於館閣之選，豈非素願所榮，然而不願就試，正以舊
制入館則當供職一年，臣方甚貧，勢不能處。……又聞朝廷特與推恩，
不候一年，即與在外差遣。」辭狀凡四上，辭不就任。至和二年，三十
五歲，改任群牧判官。次年改元嘉祐，〈上執政書〉：「某得以此時備使
畿內，交遊親戚知能才識之士，莫不爲某願，此亦區區者思自竭之時也。
事顧有不然者……及今愈思自置江湖之上，以便昆弟親戚往還之勢，而
成婚姻葬送之謀。故某在廷二年，所求郡以十數，非獨爲食貧而口眾也，
亦其所懷如此。非獨以此也，某又不幸，今茲天被之疾，好學而苦眩，
稍加以憂思，則往往昏瞆不知所爲。……歸印有司，自請於天子，以待
放紲，而歸田里。……顧親老矣，而無所養，勢不能爲也。……自非哀
憐東南寬閒之區、幽僻之濱，與之一官，使得因史事之力，少施其所學，
以庚祿賜之入，則進無所逃其罪，退無所託其身，不惟親之欲有之而已。」
卒於嘉祐二年，改太常博士，知常州（江蘇常州）。王安石在群牧判任
上，與歐陽脩、梅聖俞、裴如晦過從甚密。歐陽脩有〈贈王介甫詩〉，
王安石以〈奉酬永叔見贈〉答贈。此外，尚有〈平山堂〉、〈虎圖〉、〈次
韻歐陽永叔端溪石枕蘄竹簟〉、〈送裴如晦即席分題〉三首、〈垂虹亭〉、
〈乙未冬婦子病至春不已〉、〈沖卿席上得昨字〉、〈韓持國從富并州辟〉、
〈答揚州劉原甫〉、〈和貢父燕集之作〉、〈送張拱微出都〉、〈白日不照
物〉、〈和吳沖卿雪詩〉、〈和沖卿雪并示持國〉、〈寄題睡軒〉、〈殘菊〉、〈寄
題鄆州白雪樓〉等作。

（五）知常州

王安石於嘉祐二年五月離京，六月到揚州，七月視郡事。《臨川

集》卷六十一有〈常州謝上表〉。由於承守將數易之後，加之水旱，吏事紛冗。在常州二年的時間裡，最艱鉅的工作，莫過於開鑿運河。徵收土地，不爲農民地主所喜；而西路轉運使也不予全力支援；再加上大雨澇災，工程不得已停頓。《臨川集》卷七十四〈與劉原父書〉：「河役之罷，以轉運賦功本狹，與雨淫不止，督役者以病告故止耳。昔梁王墮馬，賈生悲哀；泔魚傷人，曾子涕泣。今勞人費財於前，而利不遂於後，此某所以愧恨無窮也。若夫事求遂，功求成，而不量天時人力之可否，此某所不能。則論某者之紛紛，豈敢怨哉！」凡每至一處，亟思有所作爲，以利生靈，而在決策之際，並非但求事功，一意孤行，不顧民意，不料卻招引論者的紛議。有〈車螫〉、〈酬裴如晦〉、〈贈張康〉、〈韓持國見訪〉、〈少狂喜文章〉、〈即事〉第三首等作。

（六）江東提點刑獄

嘉祐三年二月，移提點江東刑獄（江西鄱陽），《臨川集》卷七十四〈上曾參政書〉：「今也某材不足以任劇，而又多病，不敢自蔽，而數以聞執事矣。而閣下必欲使之察一道之吏，而寄之以刑獄之事，非所謂因其材力之所宜也。某親老矣，有上氣之疾日久，比年加之風眩，勢不可以去左右，閣下必欲使之奔走跋涉，不常乎親之側，非所謂因其形勢之所安也。」懇摯表明自己的辭意。在江東提刑任內，王安石工作並不順遂，《臨川集》卷七十二〈與王深父書〉：「某於江東，得吏之大罪有所不治，而治其小罪不知者，以謂好伺人之小過以爲明。知者又以爲不果於除惡，而使惡者反資此以爲言。某乃異於此，以爲方今之理勢，未可以致刑。致刑，則刑重矣，而所治者少；不致刑，則刑輕矣，而所治者多，理勢固然也。一路數千里之間，吏方苟簡自然，狃於養交取容之俗，而吾之治者五人，小者罰金，大者纔絀一官，而豈足以爲多乎？工尹商陽非嗜殺人者，猶殺三人而止，以爲不如是，不足以反命。某之事不幸而類此。……自江東得毀於流俗之士，顧吾心未嘗爲之變，則吾之所存，固無以媚斯世，而不能合乎流俗也。」

〈即事〉第五首，即是針對流俗讒謗所提出的辯白。除糾察官吏邪正，還改革江南東路的榷茶法。所謂榷茶，即是茶葉國營專賣的制度。《臨川集》卷七十〈議茶法〉、〈茶商十二說〉二文，以及〈酬王詹叔奉使江東訪茶利害見寄〉一詩，即作於同時。在江西不滿一年裡，有〈寄沈鄱陽〉、〈度麾嶺寄莘老〉、〈寄朱氏妹〉。同年十月，改祠部員外郎，三司度支判官，遂卸江東提刑。期間也曾自鄱陽歸臨川，有〈解使事泊棠陰時三弟皆在京師〉二首、〈次韻唐公三首〉、〈到家〉等詩。

二、擔任京官時期

（一）三司度支判官

王安石在調任中樞三司度支判官，即嘉祐三年十月，寫了一篇長達萬言的〈上仁宗皇帝言事書〉。後來柄國當政，變法的措施，大抵都以此書為藍本。其識見之精深，議論的宏偉，是同時或稍早幾位大臣，如寇準、文彥博、富弼、范仲淹、歐陽脩所寫萬言書所不能比擬的。可惜，如此忠規讜論，並未受到仁宗以及當政大臣的重視。全文甚長，概略的內容，摘錄如下：

首先提出「內則不能無以社稷為憂，外則不能無懼於夷狄，天下之財力日以困窮，而風俗日以衰壞」，國家處境艱難，危機四伏，勢必推動政治革新以紓解困境。而改革首要之務，在於根除政治上的積弊——不知法度，即國家法度的不合理，多不合乎先王之政。那麼，如何效法先王的政治？「法其意而已」，即效法先王施政的基本原則和精神，唯其如此，「吾所改易更革，不至乎傾駭天下之耳目，囂天下之口，而固已合乎先王之政矣」，才能夠順利的推動。至於變法的意圖，是要達到「家給人足，中國安寧，蠻夷順服，天下大治。」朝廷在推行革新之前，首先必須培養人才，所謂「方今之急，在於人才而已。」培養人才應循著「教之」、「養之」、「取之」、「任之」四方面入手，而且必須「有其道」才可。如果人才不足，則「社稷之託，封疆之守，陛下其能久以天幸為常，而無一旦之憂乎？」並以漢唐兩代

覆亡事例作爲前車之鑑，來諫諍仁宗（《臨川集》卷三十九〈上仁宗皇帝言事書〉）。此外，王安石還針對冗兵冗吏所導致國庫空虛、財用不足，提出理財的原則：「臣於財利固未嘗學，然竊觀前世治財之大略矣。蓋因天下之力以生天下之財，取天下之財以供天下之費，自古治世未嘗以不足爲天下之公患也，患在治財無其道耳。今天下不見兵革之具，而元元安土樂業，人致己力，以生天下之財，然而公私常以困窮爲患者，殆以理財未得其道，而有司不能度世之宜而通其變耳。」（仝前）嘉祐四年，三十九歲，三司度支判官任上有〈上富相公書〉：「自被使江東，夙夜震恐，思得脫去，非獨爲私計……三司判官，尤朝廷所選擇，出則被使漕運；而金穀之事，某生平所不習，此所以蒙恩反側而不敢冒也。……誠望閣下哀其忠誠，載賜一州，處幽閒之區，寂寞之濱，其治民非敢謂能也，庶幾地閒事少，夙夜悉心力，易以塞責，免於官謗也。」猶不免於流俗詆謏謗傷。《臨川集》卷八十二〈度支副使廳壁題名記〉：「善吾法而擇吏以守之，以理天下之財，雖上古堯舜猶不能毋以此爲先急，而況於後世之紛紛乎？」強力主張整頓財政首須建立制度，而官吏必須奉公守法。在京之日，與宋次道爲同僚，而又宅邸相鄰。宋次道由父親宋綬以來藏書甚豐，因取唐人詩集百餘家，諉託王安石擇各家的精華作品，彙爲一編。久之書成，宋次道命名爲《百家詩選》，刊行於世，即世所稱《唐百家詩選》，在當日爲文壇一大盛事。

（二）直集賢院

嘉祐四年六月，除直集賢院。多，奉命伴送契丹使者北歸，明年春北返京師。期間作品極多，較爲著名的有：〈明妃曲〉二首、〈示長安君〉、〈春風〉、〈宿雨〉、〈澶州〉、〈白溝行〉等，其餘尚有〈省中〉二首、〈酬吳子野見寄〉、〈哭梅聖俞〉、〈春從沙磧底〉、〈永濟道中寄諸弟〉、〈寄吳沖卿〉二首、〈寄純甫〉、〈寄謝師直〉、〈出塞〉、〈入塞〉、〈同昌叔賦鴈奴〉、〈思王逢原〉三首等等，多流露不得志的心情。

（三）同修起居注

嘉祐五年四月，爲同修起居注。《臨川集》卷四十有〈辭同修起居注狀〉：「臣去年始蒙恩特除直集賢院，當是時，臣黽勉不敢久違恩指，至今就職纔及數月，又蒙恩有此除授。臣竊觀朝廷用人皆以資序，臣入館最爲日淺，而材何以異人？終不敢貪冒寵榮，以干朝廷公論。」又：「臣以應舉入仕，磨勘遷官，本圖宦達，非敢苟爲高抗，至於恩逾理分，度越眾人，官謗所歸，臣亦不敢苟得，以忘前言之信。兼臣自春至今，疾病相仍，加以氣衰，舊學幾廢，親老口眾，久住京師，近嘗進狀，乞一閑慢州軍差遣。」辭命凡十二上才受命。

（四）知制誥

嘉祐六年，四十一歲，遷工部郎中，知制誥，糾察在京刑獄。有〈除知制誥謝表〉。知制誥官位雖然顯赫，才華抱負猶然無處施展，於是有〈上時政疏〉：「天下至大器也，非大明法度不足以維持，非眾建賢才不足以保守。苟無至誠惻怛憂天下之心，則不能詢考賢才，講求法度。賢才不用，法度不修，偷假歲月，則幸或可以無他，曠日持久，則未嘗不終於大亂。」「以臣所見，方今朝廷之位，未可謂能得賢才；政事所施，未可謂能合法度。官亂於上，民貧於下，風俗日以薄，才力日以困窮。而陛下高居深拱，未嘗有詢考講求之意，此臣所以竊爲陛下計而不能無慨然者也。」「《書》曰：『若藥不瞑眩，厥疾弗瘳。』臣願陛下以終身之狼疾爲憂，而不以一日之瞑眩爲苦。」（《臨川集》卷三十九）再度陳述改革之迫切，及修法度、養賢才之重要性。但仁宗已老邁，更不能用。同年，御試進士，王安石與楊畋、何郯俱爲詳定官，擔任評閱試卷，審定等第的職責。有詩：〈讀進士試卷〉、〈詳定試卷〉二首，指陳以詩賦取士的弊端，提出改革科舉制度的設想。〈和楊樂道韻〉六首、〈詳定幕次呈聖從樂道〉、〈崇政殿詳定幕次偶題〉、〈夜讀試卷呈君實待制景仁內翰〉、〈試院五絕〉等，皆作於此時。嘉祐八年三月，仁宗崩逝，無子，以兄濮安懿王之子爲後，是爲

英宗，明年改元，是爲治平元年。王安石母親也在嘉祐八年八月卒於京師，十月，王安石扶柩回江寧守孝。在京知制誥時所作還有：〈和御製賞花釣魚詩〉二首、〈送程公闢之豫章〉、〈癸卯追感正月十五事〉、〈和仲庶池州齊山畫圖〉、〈和祖擇之登紫微閣〉二首、〈和微之林亭〉、〈奉酬楊樂道〉、〈奉酬聖從待制〉、〈賦棗〉、〈揚雄〉等詩。

（五）知江寧府

治平二年七月服除，英宗屢次召赴京師，有〈辭赴闕狀〉三篇：「抱病日久，未任跋涉，見服藥調理，乞候稍瘳，即時赴闕。」「乞一分司官於江寧府居住。……終獲有瘳，則臣雖自知無補於聖時，猶當乞備官使。」「自春以來，抱痎有加，心力稍有所營，即所苦滋劇。」（《臨川集》卷四十）皆以疾辭。終英宗治平之世，王安石一直居住江寧。期間埋首讀書作詩，潛心研究經學，並著有《詩》、《書》、《周禮》三經新義。此外，並收徒講學，陸佃、龔原、李定、蔡卞等，都先後從他受學。治平四年正月，英宗崩逝，神宗登位，起王安石以故官知江寧府。《臨川集》卷四十有〈辭知江寧府狀〉「以臣丘墓所在，就付兵民之權，……然臣所抱疾病，迄今無損，若輒冒恩黽勉典當領路大藩，恐用力無以上副朝廷寄任。」狀辭不許，閏三月，出知江寧府，《臨川集》卷五十六有〈知制誥知江寧府謝上表〉。在江寧期間有：〈和王微之登高齋〉二首、〈寄勝之運使〉、〈和甫如京微之置酒〉、〈試茗泉〉、〈送陳景初〉、〈寄和甫〉、〈乙巳九月登冶城作〉、〈送董伯懿歸吉州〉、〈示董伯懿〉、〈送程公闢轉運江西〉、〈次韻答陳正叔二首〉、〈和王微之秋浦望齊山感李太白杜牧之〉、〈聞和甫補池掾〉等詩。

（六）翰林學士

治平四年九月，四十七歲，召爲翰林學士兼侍講，《臨川集》卷五十六有〈除翰林學士謝表〉：「久棄閭里，辭命之習，蕪廢積年，黽勉一州，已爲忝冒，禁林之選，豈所堪仕？伏惟皇帝陛下……於群臣賢不肖已知考慎，而於言又能虛己聽之。……日月未久，而天下翹首

企踵，以望唐虞成周之太平。臣於此時，實被收召，所以許國，義當如何？敢不磨礪淬濯已衰之心，紬繹溫尋久廢之學，上以備顧問之所及，下以供職司之所守。」於次年熙寧元年四月，自江寧赴京。神宗召王安石越次入對。帝問爲治所先？王安石答以「擇術爲先。」帝問唐太宗何如？王安石答以「陛下當法堯舜，何以太宗爲哉？堯舜之道至簡而不煩，至要而不迂，至易而不難，但末世學者不能通知，以爲高而不可及爾。」「陛下誠能爲堯舜，則必有皋、夔、稷、禹；誠能爲高宗，則必有傅說。彼二者皆有道者羞，何足道哉！」（《宋史・王安石本傳》）隨即又上〈本朝百年無事箚子〉（《臨川集》卷四十一），一方面頌美宋朝開國百年以來歷代皇帝的治績，一方面也揭露吏治、用人、科舉、賦役、邊防等的積弊。提出應當唯賢是任，改善徭役、賦稅制度，興修水利，整頓軍隊等主張。並一再反對因循守舊，主張變法圖強。神宗大爲激賞。熙寧二年，任命王安石以右諫議大夫參知政事，時年四十九歲。王安石在翰林學士任內有：〈出金陵〉、〈松間〉、〈江寧夾口〉、〈題西太一宮壁〉二首、〈禁中春寒〉、〈夜直〉、〈御柳〉、〈送何正臣主簿〉、〈學士院燕侍郎畫屏〉、〈被召作〉等詩。

三、執政變法時期

（一）參知政事

　　熙寧二年二月，王安石屢辭朝廷詔命，《臨川集》卷五十七有〈辭免參知政事表〉：「如臣者，承學未優，知方尤晚，先朝備位，每懷竊食之慚；故里服喪，重困采薪之疾。皇帝陛下紹膺皇統，俯記孤忠，付之方面之權，還之禁林之地，固已人言之可畏，豈云國論之敢知。」世俗議論猶然蜂起。甫上任，首先乞創置制置三司條例司。神宗問：「人皆不能知卿，以爲卿但知經術，不曉世務。」王安石答以「經術正所以經世務，但後世所謂儒者，大抵皆庸人，故世俗皆以爲經術不可施於世務爾。」上問：「然則卿所施設以何先？」王安石答以「變風俗，立法度，最方今之所急也。」神宗頷

首（見楊仲良《資治通鑑長編紀事本末》卷五十九）三月，與樞密院陳升之同領制置三司條例司，議行新法。所謂制置三司條例司，下設三個分屬機構：（1）鹽鐵司：掌天下山澤之貨，關市河渠軍器之事，以資邦國之用度。（2）度支司：掌天下財賦之數，每歲均其有無，制其出入，以計邦國之用。（3）戶部司：掌管天下戶口賦稅之籍、榷酒之作、衣儲之事，以供邦國之用。並起用一輩新人，如蘇轍、程顥、呂惠卿、劉彝、曾布、章惇等四十餘人，進行大刀闊斧的改革。條例司甫於二月下旬成立，三月，神宗便催問條例，急於實行。四月王安石遣使分行視察農田水利賦役利弊情況。五月上〈進戒疏〉，七月九月十一月均輸法、農田水利法相繼頒行。同年六月時，御史中丞呂誨奏劾王安石過失十事：「究安石之跡，固無遠略，惟務改作，立異於人，徒文言而飾非，將罔上而欺下，臣切憂之。誤天下蒼生，必斯人矣。」八月，侍御史劉琦等多人也先後上疏反對新法，攻擊王安石「尚法令則稱商鞅，專財利則背孟軻。」當時反對新法之聲紛起。熙寧三年，神宗召王安石詢問「聞有三不足之說否？」王安石答以「不聞。」神宗問：「陳薦言外人云：『今朝廷以為天變不足畏，人言不足恤，祖宗之法不足守。』昨學士院進試館職策，專指此三事，此是何理？朝廷亦何嘗有此？已令別作策論矣。」王安石答以「陛下躬新庶政，無流連之樂，荒亡之行，每事唯恐傷民，此即是畏天變。陛下詢納人言，無大小唯言是從，豈是不恤之言？然人言固有不足恤者，苟當於理義，則人言何足恤？故〈傳〉稱『禮義不愆，何恤於人言？』鄭莊公以『人之多言，亦足畏矣。』故小不忍致大亂，乃詩人所刺，則以人言為不足恤，未過也。至於祖宗之法不足守，則固當如此。仁宗在位四十年，凡數次修敕；若法一定，子孫當世世守之，則祖宗何故屢自變改？」（見《通鑑長編紀事本末》卷五十九）神宗為人強毅，獨排眾議，於十二月任命王安石同中書門下平章事、史館大學士，與韓絳並相，新法於是陸續推向全國各地實施。

（二）同平章事（初次入相）

王安石主持變法，是以富國強兵爲其中心目標。因國不富，則不足以救貧；兵不強，則不足以振衰。實施原則有二端：即變風俗和立法度。而實施綱要大致可歸納爲三項：（1）整理財政。（2）整頓軍政。（3）培養人才。具體辦法，屬於整理財政方面的除青苗法、均輸法、農田水利法，還有市易法、免役法、方田均稅法。屬於軍政方面的則爲省兵法、置將法、保甲法、保甲養馬法、軍器監法等。屬於教育人才方面的則有興建學校的太學三舍法，以及貢舉新制。其中尤以理財爲當務之急。

所謂青苗法，以常平糴本作青苗錢，散與人戶，令出息二分，春散秋斂。目的在振貧乏、抑兼并、廣儲蓄，以備百姓凶荒，即救恤農民之法。均輸法，以發運之職改爲均輸，假以錢貨，凡上供之物，皆得徙貴就賤，用近易遠。預知在京倉庫所當辦者，得以便宜蓄買。目的在均各路之貢輸，制爲輕重斂散之術，使輸者既便，而有無得以懋遷，也是惠民利國之政。市易之法，聽人賒貸縣官財貨，以田宅或金帛爲抵當，出息十分之二，過期不輸，息外每月更加罰錢百分之二。目的在抑制豪商巨賈，權物價之輕重，以通商而貫之，因收餘息以給公上。方田均稅法，以東西南北各千步，當四十一頃六十六畝一百六十步爲一方，歲以九月令佐分地計量，驗土地肥瘠，定其色號，分爲五等，以地之等均定稅數。本旨在從清理田籍以求田賦均平。免役法，據家貲高下，各令出錢雇人充役，下至單丁女戶本來無役者，亦一概輸錢，謂之助役錢。本旨是免除農民徭役困苦，使其得以勤力農耕，也是救恤農民之一大善政。農田水利法，統指一切有關農田水利之設施而言。本旨在修水土之利，便農增產，厚植國力。保甲法：籍鄉村之民，二丁取一，十家爲保，保丁皆授以弓弩，教以戰陣。本旨在除盜，使民漸習爲兵，以及省財費。保馬法，凡五路義保養馬者，戶一匹，以監牧見馬給之，或官與其直使自市，歲一閱其肥瘠，死病者補償。本旨是振救官馬之弊，與保甲法相維繫，使民可以習戰禦盜，公

私兩便。至於省兵置將之法，都是一時權宜之策，聊救時弊而已。爲保甲未可遽用，募兵未可行之暫時辦法。軍器監，與保甲相濟爲用。太學生三舍法，養士爲治國根本之道，將太學加以整飭，並予擴充，視學校爲養士場所。科舉所以舉拔人才，欲漸以學校代替科舉取士。貢舉新制，學校不可一旦而興，貢舉不能一旦而廢，主張先釐革貢舉之科目及方法，罷詩賦及明經諸科，以經義、論、策試進士，俟朝廷興建各級學校，漸達以學校取士養士之古制，而寢廢科舉取士。

　　熙寧四年，司馬光、劉摰等繼續反對新法。《臨川集》卷七十三有〈答司馬諫議書〉：「今君實所以見教者，以爲侵官生事，征利拒諫，以致天下怨謗。某則以謂受命於人主，議法度，而修之於朝廷，以授之於有司，不爲侵官。舉先王之政，以興利除弊，不爲生事。爲天下理財，不爲征利。闢邪說，難壬人，不爲拒諫。至於怨謗之多，則固前知其如此也。人習於苟且非一日，士大夫多以不恤國事，同俗自媚於衆爲善，上乃欲變此，而某不量敵之衆寡，欲出力助以抗之，則衆何爲而不洶洶。……度義而後動，是而不見可悔故也。如君實責我在位久，未能助上大有爲以膏澤斯民，則某知罪矣；如曰今日當一切不事事，守前所爲而已，則非某之所敢知。」據理以爭，言辭尖銳。熙寧六年九月，熙河大捷，王韶收復熙、河、洮、岷、疊、岩等州，擴地數千里，光復失陷二百餘年之疆土。由於王安石主議，因此捷報傳來，神宗御紫宸殿，受百官朝賀，解所服玉帶賜之，是王安石靖邊禦侮所獲之首功。《臨川集》卷五十六有〈賜玉帶謝表〉。〈和蔡副樞賀平戎慶捷〉、〈次韻元厚之平戎慶捷〉、〈次韻王禹玉平戎慶捷〉等詩，都以熙河大捷爲主題。熙寧七年春，久旱不雨，反對派乘機排擊，司馬光上書：「一是青苗錢，使民負債，官無所得；二是免役錢，養浮浪之人；三是置市易司，與民爭利；四是侵擾四夷，得少失多；五是保甲擾民；六是興修水利，勞民傷財。」鄭俠又繪〈流民圖〉送呈神宗，王安石因上〈乞解機務箚子〉，自請去職。箚子凡六上而後允：「今乃以久擅寵利，群疑並興，衆怨總至，罪惡之釁，將無以免。而天又

被之疾疢，使其意氣昏惛，而體力衰疲，雖欲強勉以從事須臾，勢所不能。然後敢干天威，乞解機務。……使臣黽勉，尚能有補聖時，則雖滅身毀宗，無所避憚。顧念終無來效，而方以危辱上累朝廷，此臣所以不敢也。」（《臨川集》卷四十四）神宗又命呂惠卿傳諭，留京師備顧問。四月，以吏部尚書觀文殿大學士出知江寧府，由韓絳、呂惠卿並相。王安石自熙寧二年任參知政事，及至熙寧七年由同平章事引退，其間作品有：〈賜也〉、〈河勢〉、〈商鞅〉、〈眾人〉、〈張侍郎示東府新居詩因而和酬〉二首、〈和蔡樞密孟夏旦日西府〉、〈和吳相公東府偶成〉、〈送王詹叔利路運判〉、〈和沖卿集禧齋祠〉、〈和蔡樞密南都種山藥法〉、〈上元從駕至集禧觀次沖卿韻〉、〈氾水寄和甫〉、〈清明輦下懷金陵〉、〈壬子偶題〉、〈題中書壁〉、〈中書即事〉、〈六年〉、〈世故〉、〈後殿牡丹開〉、〈句容道中〉、〈君難託〉、〈送王介學士赴湖州〉、〈遊城南即事〉二首、〈次韻平甫金山會宿寄親友〉等。

（三）知江寧府

熙寧七年四月，五十四歲，初次罷相，返江寧任職，《臨川集》卷五十七有〈觀文殿學士知江寧府謝上表〉。朝廷原本已暫停施行的新法，數月之後，大部分又繼續推動。熙寧八年二月，五十五歲，自知江寧府，復拜同平章事、昭文館大學士，與韓絳並相。期間有〈再題南澗樓〉、〈離昇州作〉、〈入瓜步望揚州〉、〈泊船瓜洲〉、〈江東召歸〉等詩。

（四）同平章事（再度拜相）

熙寧六年三月，朝廷置經義局，王安石提舉，呂惠卿與王雱同修撰，修《詩》、《書》、《周禮》三經義。歷三年，於熙寧八年六月，修撰經義完畢，進加左僕射，兼門下侍郎。九月，兼修國史。熙寧九年春月，自請去職，辭至四五，不得其請，又乞同僚助之。《臨川集》卷七十三〈與參政王禹玉書〉：「自春以來，求解職事，至於四五。今則疾病日甚，必無復任事之理。仰恃契眷，謂宜少敦僚友之義，曲為開陳，使得早遂所欲，而不宜迪上見留，以重某逋慢之罪也。」「某

羈孤無助，遭值大聖，獨排眾毀，付以宰事，苟利於國，豈辭麋殞。顧自念行不足以悅眾，而怨怒實積於親貴之尤；智不足以知人，而險詖常出於交遊之厚。且據勢重而任事久，有盈滿之憂；意氣衰而精力弊，有曠失之懼。歷觀前世大臣如此，而不知自弛，乃能終不累國者，蓋未有也。此某所以不敢逃逋慢之誅，欲及罪戾未積，優遊里閭，為聖時知止不殆之臣，庶幾天下後世，於上拔擢任使，無所譏議。」十月，改鎮南軍節度使、同平章事，判江寧府。《臨川集》卷五十八有〈辭免使相判江寧府表〉二道。其一：「臣江湖一介，特荷聖知，帷幄七年，再陪國論，久居亢滿，所以深懼災危，積致衰疲，所以懇辭機要。若猶尸將相之厚祿，且復殿方面之大邦，則是於惡盈之時，欲富而弗止；以宣力之地，養痾而自營。聖慈雖或優容，官謗何由解免。」終其一生於是不復出仕。〈彭蠡〉、〈思北山〉、〈題雱祠堂〉、〈雜詠六首〉、〈答韓持國芙蓉堂〉二首，皆作於此時。

　　王安石所立新法，熙寧元豐施行期間，沮格甚多，未能收到預期的效果；等到神宗崩殂，哲宗繼立，宣仁太后臨朝，起用司馬光等執政後，除極少部份相沿未改外，其餘悉遭罷廢。至於，王安石與神宗歷數寒暑所悉心謀畫之新法，雖不能說澈底歸於失敗，但未竟全功，則是不容置疑的。新法何以致敗？一般多歸咎於（1）偏重思想，忽略現實，且缺乏全盤的計劃。（2）矯枉過激，流於苛細。（3）理財諸法，只重開源，不重節流。結合以上幾個弊端，因此施行久之，未睹其利，反見其病。也有學者認為新法失敗，並非由於制法不夠完善，而是王安石性格上、任事上有若干缺失：（1）剛愎自用，拗執不變，以致不得人和。（2）求治太急，一事未成，一事又起，致生紛擾。（3）排斥君子，專任小人，使新法本意盡失，轉為厲民。也有學者研究，當時反對派抵死反對新法，才是根本原因。而反對的理由，又有如下數端：（1）新舊黨派政見不合，演為意氣之爭。如司馬光之思想以儒家為本，而略偏黃老，王安石的思想也以儒家為主，但略偏於申韓。又司馬光純主人治，而王安石則主立

法度，任賢才，而略偏於法治。又司馬光以祖宗舊法不可變；王安石則主張改革變法，更立新法，以應時代需要。又司馬光高唱君子謀道不謀利，天子不言有無，大臣不問錢穀，反對王安石大講財利之事；而王安石則爲解決國計民生，摧制兼并，改善吏祿諸問題，而重視財與利。（2）惡新法之不利於己。王安石新法在於摧兼并，抑豪強，使國內特權份子、既得利益者，從此不再享受特權，不再有利可圖，此爲當時士大夫以及兼并豪強之家對新法最感不便，最深惡痛絕的。（3）嫉王安石得君之專。（4）忿王安石不阿順同列。（5）怒王安石不徇情拔擢。此外，臺諫借攻擊新法以賈敢言之名，以邀恤民之譽，以及當時士風逸豫偷惰，不樂更革，也都是新法致敗的原因之一。評斷新法，或是個人的功過是非，非個人能力範圍所能勝任，未便妄議，但從文獻資料看，人事不諧，是極重要的原因。制法的用意儘管惠民利國，然而「徒法不足以自行」，仍須人事上各方面密切配合，才能奏效。從王安石個人的仕宦經歷可以約略體會，王安石當日懷抱富國強兵的政治理想，受到大有爲明主神宗的專寵信任，大舉推動新法，銳意改革，卻遭遇朝中反對大臣群起阻擾，以一身任天下之怨誹，卒至黯然退隱，不問世事，其處境維艱，衷心之苦了。

四、退隱蔣山時期

（一）判江寧府

　　熙寧九年十月判江寧府，實際上只是虛銜。次年六月以使相爲集禧觀使，即辭去江寧府判官的官銜。自此退居蔣山，不再參預朝政。元豐元年正月，進尙書左僕射，封舒國公。《臨川集》卷五十八有〈封舒國公謝表〉。元豐三年九月，加特進尙書僕射、門下侍郎，改封荊國公。元豐七年，病中乞以住宅爲寺，有旨賜名報寧。病癒後，於城中賃屋以居，不再別造。元豐八年三月，神宗駕崩，哲宗即位，年僅十歲，由英宗高后臨朝聽政，以文彥博爲司徒，司馬光爲門下侍郎，罷保甲法、方田均稅法、市易法、保馬法。哲宗元祐元年二月，以司馬光爲尙書左僕

射、門下侍郎，罷青苗法、免役法。至此，盡罷熙寧新法。王安石於同年四月初六病卒，年六十六，贈太傅。紹聖中，諡曰文。暮年作品最多，如〈己未耿天騭著作自鳥江來予逆沈氏妹於白鷺洲遇雪作此詩寄天騭〉、〈進字說〉、〈元豐行示德逢〉、〈後元豐行〉、〈庚申正月遊齊安〉、〈壬戌五月與和叔同遊齊安〉、〈次吳氏女子韻〉、〈寄吳氏女子〉、〈寄蔡氏女子〉兩首、〈擬寒山拾得〉二十首、〈南浦〉、〈北山〉、〈和子瞻同王勝之遊蔣山〉、〈新花〉、〈半山春晚即事〉、〈讀眉山集次韻雪詩〉五首、〈兩山間〉、〈歲晚〉、〈全椒張公有詩在北山西庵僧者壔之悵然〉、〈法雲〉、〈定林院〉、〈雨花臺〉、〈北山三詠〉、〈段氏園亭〉、〈謝公墩〉、〈送鄧監薄南歸〉、〈封舒國公三絕〉、〈元日〉、〈獨飯〉等等。

第三節　性情襟抱

　　歷來針對王安石人格所做的評論不爲不多，有的是依據《宋史》本傳記載，務極醜詆；有的一如蔡元鳳、梁啟超，爲之澡雪，憚力辯謗。其間縱有一針見血透闢之見解，然往往失之簡略；也有務爲詳盡，然猶不免偏狹，鮮能對王安石的人格性情做全面而又公正的觀照。本節即嘗試朝向較公允的態度做較爲廣泛層面的探討。參考資料除前代較爲重要的評論，如黃庭堅的〈跋荊公禪簡〉、朱熹的《語類》、陸九淵的〈荊國王文公祠堂記〉、《宋史・王安石本傳》外，還有明代楊慎的《丹鉛錄》、清朝蔡元鳳《王荊公年譜考略》、近代梁啟超《王荊公》等，更重要的是運用王安石的詩文資料，尤其是詩。因爲王安石在〈張刑部詩序〉曾引用子夏「詩者志之所之」一語，主張詩家吐屬，應是內在情感與意念的眞實流露，並可藉由詩以觀志之故。關於王安石的性情襟抱，大致歸納爲如下五個特點：

一、才識高遠

　　王安石資賦極爲優異，少年時期即洋溢出超穎的詩文才華，不僅博得眾人的欽服，而他自己也覺得很自負。《宋史》本傳：「少好讀書，

一過目終身不忘。其屬文動筆如飛，初若不經意；既成，見者皆服其精妙。」而王安石所作〈憶昨詩示諸外弟〉一首：「此時少壯自負恃，意氣與日爭光輝。乘閑弄筆戲春色，脫落不省旁人譏。坐欲持此博軒冕，肯言孔孟猶飢寒。」回憶年少之時，自信憑藉詩筆，有朝一日可以博取功名利祿。直到十七、八歲左右，忽然感悟，奮發用功，從此初步有了「致君堯舜」的壯圖雄心，〈憶昨詩〉：「材疏命賤不自揣，欲與稷契遐相希。」十九歲父親過世，舉家遷往金陵，與兄長入學讀書，結識了同學李通叔，兩人志趣相投，彼此策勵，《臨川集》卷八十六〈李通叔哀辭〉：「予放心不求而歸，邪氣不伐而自遁去。……自予之得通叔，然後知聖人戶庭可策而入也。」更加確定了得志則行道於天下的理想是可以實現的信念。入仕以後所作〈何處難忘酒〉：「何處難忘酒，君臣會合時。深堂拱堯舜，密席坐皋夔。和氣襲萬物，歡聲連四夷。此時無一盞，眞負〈鹿鳴〉詩。」懇摯的表達出他對於君臣相得，天下和合這種境界的嚮往。堯舜這兩位聖人之外，孟韓也是他學習的榜樣，〈寄孫正之〉：「少時已感韓子詩，東西南北俱欲往。」〈秋懷〉：「韓公既去豈能追？孟子有來還不拒。」〈奉酬永叔見贈〉：「他日若能窺孟子，終身何敢望韓公。」一心努力學好文章，傳播道義。王安石畢生的志向既在濟世，朝廷曾召試館職，屢屢辭命，請佐鄙遠的州縣，何故？並非圖謀以恬退釣取美譽。〈乞免就試狀〉、〈辭集賢校理狀〉都交待甚明：「營私家之急，擇利害而行。」進一步說，親老家貧，難住京師，但又不得不爲祿仕，以致奉養。直到除翰林學士時，高堂已經亡故，家計也稍稍足以自贍，無後顧之憂，始應命赴京。梁啓超所謂「素位而行，爲其學養之大原」，可謂得之，其出處動止皆有根據。王安石自得神宗器重，爲報答神宗知人英明，於是大刀闊斧進行改革，一方面實現國家富強、人民給足的偉大理想，一方面挽救宋朝貧困頹弱的國勢。若非他的才識高遠，如何擔當？

《宋史》本傳：「安石議論高奇，能以辨博濟其說。」主要是才智聰明高人一等之故。凡事苟當於理，即義無反顧，勇往向前。當青

苗諸法實行之後，抑制豪右兼并，加惠廣大的農民百姓，即〈發廩〉一詩所謂「駕言發富藏，云以救鰥惸。」然卻引起廷臣極度的不滿，起與為難。王安石致司馬光書，答辯的理足氣盛，勁悍凌厲，絲毫不讓步。梁啟超：「其德量汪然若千頃之陂，其氣節嶽然若萬仞之壁。」陸九淵：「掃俗學之凡陋，振弊法之因循，道術必為孔孟，勳績必為伊周。」描述形容的恰如其分，不為溢美。只是，懷抱高遠才識理想之人，難免忽略現實層面，以致行事獨往有餘，而合眾不足。高大鵬〈王安石〉一文：「荊公的問題不在調子太低，而在太高，高估了上達，小看了下學。」是十分深入洞明的見解。

二、忠愛孝友

　　《臨川集》卷六十四〈子貢〉一文：「夫所謂儒者，用於君則憂君之憂，食於民則患民之患，在下而不用，則修身而已。」正是王安石一生立身行事的大方針。當任地方官職時，憂心民瘼見於詩之內容的，如〈酬王伯虎〉：「予生少而戇，好古乃天稟。念此俗衰壞，何嘗敢安枕。有時不能平，悲吒失食飲。」〈答虞醇翁〉：「臨餐恥苟得，冀以盡心醻。」〈發粟至石陂寺〉：「乘田有秩難逃責，從事雖勤敢嘆嗟。」〈和平甫舟中望九華山四十韻〉：「方今東南旱，土脈燥不黏。尚無膚寸功，豈免竊食嫌。」〈感事〉：「彼昏方怡然，自謂民父母。掦來佐荒郡，懍懍常慚疚。」〈別灊皖二山〉：「攢峰列岫爭譏我，飽食頻年報禮虛。」〈苦雨〉：「肉食自嗟何所報，古人憂國願豐年。」〈江上〉：「書自江邊使，鄉鄰病餓稠。何言萬里客，更作百身憂。補敗今誰恤，趨生我自羞。」〈強起〉：「嗟予以竊食，更覺負平生。」兢兢業業，唯恐竊食官祿，有負朝廷的託付，生民的期盼，更覺對不起平生的志向，真仁者藹然之風。大約作於嘉祐二年常州知州任上的〈韓持國從富并州辟〉一詩，述及自己的遊歷：「羌廬與韶石，少小已嘗躡。風游會稽春，雪宿天柱臘。淮湖江海上，慣食蝦蟹蛤。西南窮岷嶓，東北盡濟潔。身雖未嘗歷，魂夢已稠沓。荊溪最所愛，映燭

多廟塔。」足跡遍及江西、廣東、浙江、安徽、江蘇、四川，其後曾北使契丹，又數度入京，如此豐富的閱歷，再加上閎博的學識，自然造就其開闊的襟度，悲憫的胸懷。其餘如〈孤桐〉：「明時思解慍，願斲五絃琴。」〈賦棗〉：「願此赤心投，皇明儻予燭。」〈牛衣〉：「問爾何所報？離離滿東皋。」都是王安石獻身朝廷效忠國家感恩圖報這種心聲的吐露。〈同昌叔賦鴈奴〉：「偷安與受紿，自古有亡國。」警示苟且偷安，因循守舊而不知覺醒，將遭亡國之虞，可見他高瞻遠矚的眼光，與愛國憂民急切的心情。因此，當他聲譽四起，謗亦隨之，仍能堅守職責不為身計。如〈鮑公水〉：「奈何中棄入長安，十載風塵化舊顏。讙囂滿耳不可洗，此水泠泠空在山。」〈寄吳沖卿〉：「當官拙自計，易用忤流俗。窮年走區區，得謗大如屋。」及為情勢所迫罷相，猶念茲在茲。〈次韻張唐公馬上〉：「竭節初悲力不勝，賜環終愧繆恩臨。病來氣弱歸宜早，偷取官多責恐深。膏澤未施空謗怒，瘡痏猶在豈謳吟。」退隱蔣山，又有「老我孤主恩，結草以為期」之句，對神宗知遇賞識，懷抱來生結草為報的感激心情，在在表現出他忠愛的志節。梁啟超以為：「秦漢以後，其能知國家性質，至誠惻怛以憂國家者，荊公一人而已。」真是欽服備至。

　　王安石之孝友，是根於天性，此外，受家風及儒家思想影響也很深。事母至孝之外，友于兄弟朋友、關愛子女之情，時時流露於篇章。早期出仕，主要是為了擔負家計，〈憶昨詩〉：「釣取薄祿歡庭闈。」〈酬吳季野見寄〉：「棒檄平生祇為親。」〈和微之林亭〉：「中園日涉非無趣，保此千鍾慰北堂。」奔走於仕途，必攜母以自隨，〈將母〉：「將母邗溝上，留家白紵陰。月明聞杜宇，南北總關心。」而〈虔州江陰二妹〉一首：「飄若越鳥北，心常在南枝。又如歧首蛇，南北兩欲馳。……生存若乖隔，邂逅亦何時？」深摯表達了漂泊江湖，手足天倫不得聚首的愁思。〈夜夢與和甫別〉：「水菽中歲樂，鼎茵暮年悲。」是回想中年以前享受承歡膝下天倫之樂事，並為入相以後不及致養感到悲哀。王安石一生宦遊各地，每赴一官，於旅次間，都會寫信給親

友。如〈示長安君〉，是寄大妹王文淑的；〈寄朱氏妹〉是寄二妹的；〈虔州江陰二妹〉是二妹和三妹的；〈宣州府君喪過金陵〉是懷念長兄安仁的；〈到舒州次韻答平甫〉是寫給弟王安國的；〈送和甫至龍安微雨因寄吳氏女子〉，是寄長女的；〈寄蔡氏女子〉二首是寄次女的；〈永濟道中寄諸舅弟〉、〈過外弟飲〉，是給表弟的。此外，〈答曾子固南豐道中所寄〉、〈無錫寄孫正之〉、〈酬吳沖卿見別〉、〈謝微之見過〉、〈送耿天騭至渡口〉、〈寄王逢原〉、〈聞望之解舟〉等與友投贈酬答，皆可見其孝友。

三、淡泊清儉

王安石的人格涵養，既淡泊又清儉。在早期〈寄曾固〉一詩：「脫身負米將求志，戮力乘田豈為名？」以及〈騏驥在霜野〉：「人生貴得意，不必恨枯槁。」坦率道出為官之目的，並非為了聲聞顯達，而是在實現理想抱負。在王安石的思想裡，倘若沒有機會施展才華抱負，則效法晉朝陶淵明歸隱田園，享受自在閑適的生活。有〈奉酬李質夫〉一首：「駑駘自飽方爭路，驥裏長飢不在閑。」將自己比喻成駿騎，寧願忍受長久的飢餓，也不願意被豢養在馬廄，嚮往自由自在的生活著。〈有感〉：「願常輕千乘，祇願足一丘。」〈平甫如通州寄之〉：「平世自無憂國事，求田應不忤陳登。」〈次韻鄧子儀〉：「君才有用方求祿，我志無成稍問田。」〈寄闕下諸父兄兼示平甫兄弟〉：「久聞陽羨溪山好，頗與淵明性分宜。」不以求田問舍為可恥。他的〈雨過偶書〉：「誰似浮雲知進退，纔成霖雨便歸山。」一般盛傳是晚年之筆，則充分表現恬然退隱，功成不居的淡泊心境、偉大胸襟。其餘暮年小詩，遊山玩水寫景抒懷閑適之作，臻無適不可，無入而不自得的人生境界，如〈南浦〉：「南浦隨花去，迴舟路已迷。暗香無覓處，日落畫橋西。」有王維「行到水窮處，坐看雲起時」的無挂無礙。另外，〈寄吳氏女子〉：「水泉皋壤間，適志多所經。」〈與呂望之上東嶺〉：「靖節愛吾廬，猗玗樂吾耳。適野無市喧，吾今亦如此。」都是王安石晚年生活的自白。

　　王安石早年家境清貧，乃是眾所悉知的。嘗為私養計，不願召試館職。〈和昌叔懷瀹樓讀書之樂〉：「志食長年不得休，一巢無地拙於鳩。」因此，求舍問田不在能力範圍之內。《續建康志》：「再罷政，以使相判金陵，到任，即納節固辭同平章事，改左僕射。未幾，又懇求宮觀，累表得會靈觀使。築第於白下門外，去城七里，去蔣山亦七里。平日乘一驢，從數僮游諸寺，欲入城，則乘小舫，泛湖溝以行，蓋未嘗乘馬與肩輿。所居之地，四無人家，其宅僅蔽風雨，又不設垣牆，望之若逆旅之舍。有勸築垣，輒不答。元豐之末，公被疾，奏捨此宅為寺，有旨賜名報寧。既而疾瘉，稅城中屋以居，不復造宅。」謝政之後，出門沒有架起宰相的陣容派頭，而住宅更是簡樸。李壁〈秋熱〉詩〈注〉：「余在臨川得此詩石本，一僧跋云：『元豐末公居金陵秦淮小宅，甚熱，中折松枝架欄禦暑，因有此作。』按元豐末，公以前宰相奉祠，居處之陋乃至此。」其性不好華靡，生活儉素可知。即使是本身儀表，也不甚修飭，〈有感〉：「子時怪我少，好此寂寞游。笙簧不入耳，又不甘醪羞。」〈散髮一扁舟〉：「愛此露的皪，復憐雲綺靡。諒無與絃歌，幽獨亦可喜。」〈露坐〉：「芳歲老易晚，良宵閑獨多。秋風不成寐，吾樂豈絃歌。」〈寄吳氏女子〉：「膏梁以晚食，安步而輻軘。」不好美酒佳餚和音樂，甘於幽獨閑淡之樂。因此，黃庭堅〈跋荊公禪簡〉：「予嘗熟觀其風度，真視富貴如浮雲，不溺於財利酒色，一世之偉人也。」陸九淵〈荊國王文公祠堂記〉：「英特邁往，不屑於流俗聲色利達之習，公然無毫毛得以入於其心。」鄒元標《願學集》卷五上〈崇儒書院記〉：「荊公儒而無欲者也。拜相之日，矢寒山以自老；罷相之後，托頹垣以終身。傍徨塵垢之外，逍遙無為之業，斯其人可得而磷淄耶？」誠非虛語。

四、孤高自信

　　據曾鞏〈與歐陽脩書〉：「雖已得科名，然居今知安石者尚少也。彼誠自重，不願知於人。」而《臨川集》卷七十七〈答孫少述書〉：「天

稟疏介，與時不相值，生平所得，數人而已。兄素固知之。置此數人，復欲強數，指不可詘。」王安石早年寡交及其理想都說的十分清楚，朋友不多，主要是守道自重，不汲汲於用世。從〈寄王逢原〉:「我疲學更誤，與世不相宜。」〈寄曾子固〉:「吾少莫與合，愛我君爲最……投身落俗阱，薄宦自鉗鈦。平居每自守，高論誰從丐。……嗟今無常勢，趨舍唯利害。而君傳斯道，不問身窮泰。」〈寄吳沖卿〉「讀書謂已多，撫事知不足。……當官拙自計，易用忤流俗。窮年走區區，得謗大如屋。」〈送宋中道通判洺州〉:「余嘗憐洺民，舄鹵半不治。頗覺漳可引，但爲談者嗤。」〈寄曾子固〉:「高論幾爲衰俗廢，壯懷難値故人傾。」〈次韻酬王太祝〉:「高論已嗟能聽少，力行還恨賦才微。」等詩句看來，他的高論遠見常與世俗之見相違，不爲世俗所認同，而他又不能降身以相下，已是孤高；再加上常常藉著詩語直而無隱的坦述胸中之事，如〈龍泉寺石井〉:「天下蒼生待霖雨，不知龍向此中蟠。」〈登飛來峰〉:「不畏浮雲遮望眼，自緣身在最高層。」〈次韻和甫詠雪〉:「平治險穢非無德，潤澤焦枯是有才。勢合便宜包地盡，功成終欲放春回。」〈孤桐〉:「天質自森森，孤高幾百尋。凌霄不屈己，得地本虛心。歲老根彌壯，陽驕葉更陰。」如此高標自許，遂爲通達世情之人所譏。此外，王安石是非黑白之判極爲分明，君子流俗之別極爲強烈，正直而又寡合的個性，得罪不少同列，樹立更多的敵人，導致新政推動與執行時的阻礙。如〈寄曾子固〉:「吾能好諒直，世或非詭詐。」〈思王逢原〉:「便恐世間無妙質，鼻端從此罷揮斤。」〈次韻吳子野再見寄〉:「流俗尙疑身察察，交游方笑黨頻頻。」〈松間〉:「丈夫出處非無意，猿鶴從來不自知。」〈即事〉:「蚤蟬相悲鳴，上下無時休。徒能感我耳，顧爾安知秋？」〈眾人〉:「眾人紛紛何足競？是非吾喜非吾病。頌聲交作莽豈賢？四國流言且猶聖。唯聖人能輕重人，不能銖兩爲千鈞。乃知輕重不在彼，要之美惡由吾身。」〈與呂望之上東嶺〉:「紛紛舊可厭，俗子今掃軌。」〈勿去草〉:「勿去草，草無惡，若比世俗俗浮薄。」〈錢鏄〉:「欲收禾黍喜，先除蒿萊惡。」

〈和王樂道烘虱〉：「猶殘眾蟣恨未除，自計寧能久安臥？」他視名位如浮雲，凡事擇善固執，不爲外界毀譽所動；然而，卻簡直將朝中士大夫歸爲流俗浮薄之輩，並有除惡務盡之意。鄒元標：「身未執政，天下譽之不加信；及既執政，天下毀之不加沮，彼其心視毀譽如浮靄之來往太虛，公又儒而自信者也。」確是事實。高大鵬：「詩人參政，病在我執太重，如果再兼思想家，則法執更深。詩與思想的結合最美麗，因此也最危險，削足適履的理想主義往往由此而生。」「其實王安石的悲劇，也是近代許多書生從政者之悲劇的預演：抽象的概念、崇高的理想、詩的熱情，這些不是不好，就是離地太遠了，能上不能下，太小看了下層的功夫。」簡而言之，理想主義是王安石在政治上取敗的主要原因，同時也是造就他成爲不朽的文學家的因素之一，見解十分正確。

五、剛強堅毅

　　王安石賦性堅毅，從至和元年三十四歲所作〈遊褒禪山記〉可以體察出來。王安石借遊褒禪山經歷，表達他個人行事治學所抱持的態度。思想內涵淵源自儒家「知其不可而爲之」、「盡其在我」、「中道而止，則前功盡棄」等思想。及至變法，遭反對之士強烈抨擊，王安石以新法設施是利在國家人民、竭力辯析，仍不爲廷臣所悅納，於是義無反顧，勇於任事，不因眼前排山倒海而來的阻礙而畏縮。〈答司馬諫議書〉：「然盤庚之遷，胥怨者民也，非特朝廷士大夫而已，盤庚不爲怨者故改其度，度義而後動，是而不見可悔故也。」都是堅毅性格的一貫表現，此外，王安石一生都擺脫不掉疾病的糾纏，卻能成就偉大的政治家詩人，主要還是堅忍之故。他的詩中提及患病的至少四十餘首，自知鄞縣、舒州通判、群牧判官、知常州、北使契丹、知制誥、知江寧府、翰林學士、參知政事、迄退隱鍾山，幾乎不曾間斷，與其一生相始終。所染患有眼疾、腰疾、昏眩、齒病等。〈和文淑溢浦見寄〉：「髮爲感傷無翠葆，眼從瞻望有玄花。」〈寄虞氏兄弟〉「疇昔心

期俱喪勇，此來腰疾更乘虛。」〈次韻歐陽永叔端溪石枕蘄竹簟〉：「顧我病昏惟未死，心於萬事久蕭然。」〈定林院〉：「漱甘涼病齒，坐曠息煩襟。」抱病從公，鞠躬盡瘁。梁啓超：「自信之堅卓，任事之艱貞。」精神偉大崇高，值得人們景仰。

第四節　學養思想

　　王安石學養閱博，平日歷覽群籍，幾乎是無所不讀，無所不學。詩中曾自述早年奮發讀書的情形，〈憶昨詩〉：「端居感概忽自寤，青天閃爍無停暉。男兒少壯不樹立，挾此窮老將安歸？吟哦圖書謝慶弔，坐室寂寞相伊戚。」謝絕應酬玩樂，忍受孤寂，專心致力於學問的探求。〈秋熱〉：「火騰為虛不可摧，屋窄無所逃吾骸。……恣陽陵秋更暴橫，掀我欲作昆明灰。金流玉熔何足怪？鳥焚魚爛為可哀。憶我少年亦值此，翛然但以書自埋。」為暮年追憶年少時期，值夏日炎暑難當，埋首書堆以避暑熱的情形，彷彿陶淵明「結廬在人境，而無車馬喧。問君何能爾？心遠地自偏。」的心境。他意志的堅定，志向的高遠，涵養的深厚，完全不受惡劣環境所影響。除了手不釋卷努力鑽研學問，也結交曾鞏、孫正之、王逢原等益友，相互鑱切琢磨。〈得子固書因寄〉：「驪駒日就道，玉手行可執。舊學待鑱磨，新文得刪拾。」〈到舒州次韻答平甫〉：「行問嗇夫多不記，坐論公瑾少能談。祇愁地僻無賓客，舊學從誰得指南。」憂心舒州地理偏僻，文化水準較為低落，沒有高明的學者賓客可與來往，請教學問，其好學態度可見一斑。王安石不僅重視知識學問的求取，更重視個人德行品格的陶冶。〈寓言十五首〉之一：「不得君子居，而與小人遊。疵瑕不相磨，況乃禍鑿稠。高語不敢出，鄙辭強顏酬。始云避世患，自覺日已偷。」論所以近君子遠小人之道理，見其交友之謹慎。〈思王逢原〉：「自吾失逢原，觸事輒愁思。豈獨為故人？撫心良自悲。我善孰相我？孰知我瑕疵？我思誰能謀？我語聽者誰？」不僅期望益友能夠指正缺失，改過

遷善，還熱切期望將心得疑問提出和朋友共同討論。

　　王安石所涉獵的書籍，據《臨川集》卷七十三〈答曾子固書〉：「世之不見全經久矣。讀經而已，則不足以知經。故某自百家諸子之書，至於《難經》、《素問》、《本草》、諸小說，無所不讀；農夫女工，無所不問，然後於經爲能知其大體而無疑。蓋後世學者，與先王之時異矣。不如是，不足以盡聖人故也。揚雄雖爲不好非聖人之書，然於《墨》、《晏》、《鄒》、《莊》、《申》、《韓》，亦何所不讀？彼致其知而後讀，以有所去取，故異學不能亂也。惟其不能亂，故能有所去取者，所以明吾道而已。」除儒家經典外，諸子百家之書，如墨晏鄒莊申韓無所不讀；此外，《難經》、《素問》及各類小說，也廣泛的閱讀。由於學問閎博，詩中不免表現才學，故詠史說理等作隨處可見。更有用僻典、難字，以及藏藥名、鳥名和人名的遊戲之作。錢鍾書《宋詩選註》：「他的詩往往是搬弄詞彙和典故測驗學問的考題；借典故來講當前的情事，把不經見而有出處的，或者看來新鮮而其實古舊的詞藻來代替常用的語言。典故詞藻來頭愈大，例如出於《六經》、《四史》；或者出處愈僻，例如來自佛典、道書，就愈見工夫。」很能夠詮釋王安石「以才學爲詩」的特色。

　　王安石的思想，主要是儒家的根柢，而揉雜佛老及諸子。他對於堯、舜、禹、湯、文、武、周公、孔子之道非常的嚮往。《臨川集》卷七十七〈上張太博書〉，是出仕第三年所作：「某愚不識事務之變，而獨古人是信。聞古有堯舜也者，其道大中至正，常行之道也。得其書，閉門而讀之，不知憂樂之存乎己也。穿貫上下，浸淫其中，小之爲無間，大之爲無崖岸，要將窮之而已矣。」〈寄王逢原〉，可能作於群牧判官任內：「莊韓百家爇天起，孔子大道寒於灰。儒衣紛紛欲滿地，無復氣焰空煤炲。力排異端誰助我？憶見夫子眞奇材。」由於當日道家、法家思想興盛，而儒家思想式微，於是以力排異端，發揚周孔之道爲己任。《宋史・王安石傳》：「慨然有矯世變俗之志。」鄒元標〈崇儒書院記〉：「儒而有爲者。」都證明他思想的特質是積極有爲與重視濟世

致用，而變法革新更是顯明的證據。在王安石的思想裡，天道與人道有本末與生成的關係存在，在天道自然非人力所能涉及的情形之下，人所能作的就是在「人成」上多下功夫。因此，聖人不僅不能獨善其身，無所作為，還必須肩負起「憂君之憂，患民之患」以兼善天下的責任。王安石並主張聖人以禮樂刑政成萬物，以致用為貴，即是繼承《易・繫辭傳》：「無思無為寂然不動。」「感而遂通天下之故。」變無為成有為的表現這種思想而來。王安石論致用，乃是由自身作起，由吾人推而及於家國天下，這是儒家一貫的政治思想。論及致用，必須涉及「事業」，王安石非常強調德業的重要性，《臨川集》卷六十六〈大人論〉可證。他以為神和聖都必須藉由事業才能表現出來，盛德大業不僅不可卑，反而更應加以重視。王安石強調「仁而後著，用而後功」，目的即在鍼砭一般的誤解，以提高德業之地位。重視致用的積極有為的思想，並將它具體表現在施政上，正是《易・繫辭下》：「精義入神，以致用也；利用安身，以崇德也。」「備物致用，立成器以為天下利。」思想的實踐。王安石談致用，同時也注意時與變的問題。由於重視時，故討論禮樂刑政等政術時，特別標榜變的必要。當時代改變之後，禮樂刑政等制度勢必要隨之而有所更張，才能符合原先制定禮樂制度的用意。如果執著於禮樂刑政的形式不變，不去探究制度背後的實——所謂實，即是古人建立禮樂刑政等制度時，其背後之精神用意，所得到的將只是形式上的相同，而內容實質則大大不同。這就是跡同而實異，則與古人「禮時為大」的意思相違背。跡同實異，小則成一偏之弊，大則為天下之害。王安石論及君臣之義，照古人看法，是萬世不可易的，但是在他認為，如果在順應時事的情況下，通權達變也未嘗不可。湯武能通其變，不為君臣之義的傳統所囿，所成就的是順天應人的義舉，天下不以為不義。王安石此種守義之義、變道之跡的議論，是主張無為行事保守的司馬光所極力反對的。兩人後來言事勢如水火，也是必然的結果。此外，蘇軾主張治天下當以靜應動，也為王安石所反對。王安石執政以後，力排眾議，甘冒天下之大不韙，而毅然

扛起變法的責任，一方面固然是神宗勵精圖治，一方面主要還是王安石秉持時變的觀念，以爲變法是順應時勢之舉。不過，聖人因變以制法，絕不是棄道而從俗，道之跡雖然與時俱變，而道之實卻是永恆不移的。《臨川集》卷八十四〈送孫正之序〉：「時乎楊墨，己不然者，孟軻氏而已；時乎釋老，己不然者，韓愈氏而已，如孟韓可謂術素修而志素定也，不以時勝道也。」孟韓也和顏淵一樣篤守其道，不從流俗，他們並非不肯用世，只是守道以待可用之時。修身是爲己之事，爲己有餘則可以爲人，即是孟子所謂的「窮則獨善其身，達則兼善天下。」此種修身以俟時，經世而致用的態度，正是王安石本人最好的寫照。王安石重致用講時變的思想，在北宋時，並非思想的主流，也不是首創的，因爲在王安石之前已有范仲淹，他的「天章閣十事」之奏，是打破宋初因循保守的風氣，主張積極有爲的整頓政事改革行政。後來王安石「上仁宗皇帝言事書」中的意見及新法的改革，許多都本之於范仲淹十事疏，是十分明顯的事實。

此外，值得一提的是王安石推尊孟子，可謂繼韓愈之後復興孟學的一大功臣。《司馬文正公傳家集》卷六十〈與王介甫〉書：「介甫於書無不觀，而特好《孟子》與《老子》之言。」《孟子》一書對王安石的影響絕非泛泛。從王安石的詩文著作中，可以明顯的看出來。《臨川集》卷六十七〈論王霸〉，王安石繼承孟子重視心的作用的主張，強調不忍人之心行不忍人之政，外王之事業取決於內聖的修養。他使王霸之別由治術手段的不同，轉成心術上的不同，進而成爲義利之辨，這是王安石在孟子思想基礎上，對孟子思想所作的進一步發展。《臨川集》卷六十四有〈三聖人〉一文，王安石是將孟子所謂大人、聖人、神人融合爲一，強調三者異名而同實，他的用意在強調事業的重要以及聖人的必須有爲。《臨川集》卷六十七〈論性情〉，王安石原先主張性情合一，性無善惡，由情見善惡。但在變法失敗，歸隱林下後，對於人性善惡的問題，他修正性無善惡的論點，改從孟子性善的主張，並且肯定性善是儒家孔孟一脈相承的學說。此外，王安石以已

發未發來論性情，很明顯是接續《中庸》論「中」、「和」而來，已開以後學者言性情之先聲。（以上參考夏長樸《李覯與王安石研究》第五、第六）

　　王安石早年以至執政，皆以儒家自命，對儒家思想信仰極為堅定，如〈送呂使君〉詩作闢佛語，〈寄王逢原〉亦云：「孔子大道寒於灰，力排異端誰助我？」但是謝政之後，不免與歷史上其他士大夫文人不得志時一樣，轉入釋老。退隱後，經常與禪僧往來，著《字說》雜引佛說，另外也曾撰《楞嚴經疏解》，詩集中更有為數不少表達深微佛家思想，饒富道唱和佛偈意味的小詩，最具代表性的〈擬寒山拾得〉一組，便有二十首之多。其餘如〈白鶴吟示覺海元公〉、〈寄育王大覺禪師〉、〈寄北山詳大師〉、〈登寶公塔〉、〈重游草堂寺次韻〉三首等，不勝枚舉。

　　老莊思想方面，以王安石早年儒家本位的思想，是不表贊同的。〈雜詠〉第一首和第八首，都是議論莊子思想哲理的詩，以外，運用莊子書中典故的詩，散見集中，觸目皆是。莊子《齊物論》，王安石雖不表贊同：「萬物余一體，九州余一家；秋毫不為小，徼外不為遐；不識壽與夭，不知貧與奢。忘心乃得道，道不去紛華。近跡以觀之，堯舜等泥沙。莊周謂如此，而世以為誇。」但是比起墨翟，墨翟就沒有那麼幸運，〈無營〉：「墨翟真自苦，莊周吾所愛。」甚至比拔一毛以利天下的楊子尤不如，以為「楊墨之道，得聖人之一而廢其百者是也。……楊子近於儒，墨子遠於道。」（《臨川集》卷六十八〈楊墨〉）〈讀墨〉：「凡人工自私，翟也信奇偉。惜乎不見正，遂與中庸詭。」因為楊子之道雖不足以為人，固知為己；墨子之志雖在於為人，然知其不能也。

第四章　王安石詩的風格特徵

第一節　早期的特色及代表作品

　　在王安石一千五百七十八首詩中，就體裁言，有古風、有律詩；
有五言、七言、雜言和模倣《楚辭》之作。就內容言，有論政、詠史、
說理、敘事、抒情、寫景、詠物、述志、紀遊、題畫、寓言、閑適、
酬答、和韻、悼亡、遊戲以及擬寒山拾得之類蘊涵佛家思想的白話偈
詩等。因此，不論就體裁或內容而言，都呈現多樣性的風貌。若再加
上各種藝術手法，如象徵、譬喻、擬人、聯想、用典、翻案、誇飾、
倒裝、和精嚴對偶——而這些對偶，又有雙句對、隔句對、當句對、
蹉對之形式，以及連綿對、顏色對、數字對、有無對、動靜對、人我
對、鉅細對、晦明對、假對等名目——熟練而高明的運用於詩中，則
其詩所呈現出來的形式內容，是如何的豐富而多采！但是，這並不足
以代表王安石個人的成就特色，因爲凡是稱爲大家的詩人，不論那個
朝代，莫不如是！文學的風格，它是作家的個性和人格在文學內容與
形式上一種綜合的表現，如曾國藩所說：「凡大家名家之作，必有一
種面貌，一種神態，與他人迥不相同。」（劉萍《文學概論》引）換
言之，每位作家必須在作品中表現出個人的風格特色，始能成家。而
這屬於作家個人獨特的文學風格，如果發展擴大，演爲一群人在某個

時代共同擁有的作風，便會產生所謂的派別。王安石在宋朝的詩壇，是繼歐陽脩、梅聖俞之後，積極為宋詩開創新局的人，他並未在固有的體製上推陳出新，然而在內容作風的開拓上，卻展現出傲人的創造力。那是有別於唐人的作風，且在詩史發展上，足與唐代相頡頏的成就。他還啓導蘇軾、黃庭堅等後進詩歌的發展。而後，由於學者景從，爭相摹習，遂逐漸形成了宋詩三宗。宋詩三宗，就是王安石為首的臨川派、蘇軾為首的眉山派、黃庭堅為首的江西派。〔註1〕

在分析王安石的詩風之前，先對唐宋詩作淺顯扼要的說明。所謂「唐詩」和「宋詩」，是依據朝代和內容作風加以區分的。歷來學者討論唐宋詩的區別在那裏？孰優孰劣？已經很多，爭執的也很激烈。最早從事斷代論詩，並將唐宋兩代的詩作壁壘分明的比較和批評的是南宋的嚴羽。《滄浪詩話》：

> 詩者，性情也。盛唐諸人，惟在興趣，羚羊挂角，無跡可求。故其妙處，透徹玲瓏，不可湊泊，如空中之音、相中之色、水中之月、鏡中之象，言有盡而意無窮。近代諸公乃作奇特解會，遂以文字為詩，以才學為詩，以議論為詩。夫豈不工，終非古人之詩也，蓋於一唱三歎之音有所歉焉。且其作多務使事，不問興致，用字必有來歷，押韻必有出處，讀之反覆，終篇不知著到何處？其末流甚者，叫噪怒張，殊乖忠厚，殆以罵詈為詩，詩而至此，可謂一厄也。

他尊唐薄宋的立場極為顯明。且提出「興趣」、「言有盡而意無窮」為唐詩的特徵；而「以文字為詩，以才學為詩，以議論為詩」、「多務使事，用字必有來歷，押韻必有出處」為宋詩的特徵。其後，明清兩代

〔註1〕元袁桷《清容居士集》卷四十八〈書湯西樓詩後〉：「自西崑體盛，裝績組錯，梅歐諸公發為自然之聲，窮極幽隱。而詩有三宗焉：夫律正不拘，語脈意贍者，為臨川之宗。氣盛力夸，窮抉變化，浩浩焉為滄海之碣石也，為眉山之宗。神清骨爽，聲振金石，有穿雲裂石之勢，為江西之宗。二宗為盛，惟臨川莫有繼者，於是唐聲絕矣。至乾淳間諸老，以道德性命為宗，其發為聲詩，不過若釋氏輋條達明朗，而眉山江西之宗亦絕。永嘉葉正則始取徐翁趙氏為四靈，而唐聲漸復。」

的學者，或沿其餘波提倡唐詩；或力持異議，表揚宋詩。尊唐的如明代何景明、李夢陽、王世貞、李攀龍爲首的前後七子，還有屠龍、陳子龍、和清代的王夫之、吳喬、沈德潛等。崇宋的有明代公安派的袁宏道、陶望齡外，還有黃宗羲、呂留良、吳之振等，及清代同光體的何紹基、曾國藩等是。而唐宋詩之爭猶如水火，相持不下之時，也有若干學者出而調停唐宋之爭，以爲「詩不應以朝代分」、「唐、宋詩不當優劣」。這派學者可以清朝王士禎、袁枚、朱庭軫和今人錢鍾書爲代表。錢鍾書《談藝錄》：

> 余竊謂就詩論詩，正當本體裁以劃時期，不必盡與朝政國事之治亂盛衰吻合。……唐詩宋詩，亦非僅朝代之別，乃體態性分之殊。……唐詩多以丰神情韻擅長，宋詩多以筋骨思理見勝。嚴儀卿首倡斷代言詩，《滄浪詩話》即謂本期人尚理，唐人尚意興云云，曰唐曰宋，特舉大概而言，爲稱謂之便，非曰唐詩必出唐人，宋詩必出宋人故也。故唐之少陵、昌黎、香山、東野，實唐人之開宋調者；宋之柯山、白石、九僧、四靈，則宋人之有唐音者。

詩固然不必盡與朝政國事之治亂盛衰相吻合，但是一個時代有一個時代的文學風格特色這個文學進化的原則，是不容置疑的。大體上，因著時代環境的轉變，唐詩自有唐詩的風尚，宋詩自有宋詩的習氣。唐詩的風尚即是「惟在興趣」、「以丰神情韻見長」，宋詩的習氣即是「以文字爲詩，以才學爲詩，以議論爲詩」、「以筋骨思理見勝」。相形之下，唐詩眞樸出於自然，而宋詩刻露見心思。所謂「尺有所短，寸有所長」，各有短長。

　　宋詩三宗詩風於同中有異，陳師道《后山詩話》：「王介甫以工，蘇子瞻以新，黃魯直以奇。」然以眉山、江西二宗較佔優勢，席捲了宋代詩壇大半壁的江山。他們有惠洪的《冷齋夜話》、許顗的《彥周詩話》、張表臣的《珊瑚鉤詩話》、朱弁的《風月堂詩話》、吳可的《藏海詩話》等眾多學者及著述，爲之羽翼，爲之鼓吹，而王安石僅有魏泰的《臨漢隱居詩話》、葉少蘊的《石林詩話》推崇，且葉少蘊之後，

莫有繼者。因此，眉山、江西二宗終於致勝。王安石是積極開拓宋詩疆域，並為宋詩這片疆域奠立堅實的發展基礎的偉大作家，無論才氣學問或胸次，都絕不在蘇黃之下，又曾經貴為宰相，有其崇高的威望，然而，影響力卻比不上蘇黃深遠，何故？主要有三點因素：（1）宋人因反對新法，連帶而反對其詩。（2）在政治上的聲望超過詩名。（3）王安石本人雖究心於詩，但並不以詩人自命。有以上三種因素，終致失利於當時及後代詩壇了。不過，眉江、江西二宗雖然得勢，卻無論如何也比不上王安石，以一異軍孤起，步趨唐人，力求婉曲回環，含蓄有味，而在宋詩中顯得那樣別具一格。

關於王安石的詩歌風格，張舜民曾經加以綜論：

> 王介甫之詩，如空中之音，相中之色，人皆聞見，難可著摸。（《苕溪漁隱叢話後集》卷三十三引《復齋漫錄》）

而黃庭堅《豫章先生文集》卷三十〈跋荊公禪簡〉有云：

> 暮年小詩，雅麗精絕，脫去流俗，不可以常理待之也。

對王安石的詩都極口讚譽。今合張舜民、黃庭堅二人對王安石成就的推崇看來，顯然是針對其有別於眉山、江西二宗專主達意，不厭淺露的作風而標舉形容，也就是不同於後來嚴羽所謂「以文字為詩，以才學為詩，以議論為詩」的習尚。眉山、江西「專主達意，不厭淺露」的作風，從宋劉辰翁〈陳簡齋詩集序〉、明宋濂〈答章秀才論詩書〉、清吳喬〈答萬季野詩問〉、葉燮《原詩外篇》、曾國藩《曾文正公文集》卷二〈大潛山房詩題語〉，不難看出：

> 蘇公排奡，時出經史，然體格如一。及黃太史矯然特出新意，真欲盡用萬卷，與李杜爭能於一辭一字之頃。其極至寡情少恩，如法家者流。

> 元祐之間，蘇黃挺出，雖曰共師李杜，而競以己意相高。宋人之最著者蘇黃，全失唐人一唱三歎之致，況陸放翁輩乎！宋人欲人人知我意……子瞻、魯直、放翁一瀉千里，不堪咀嚼，文也，非詩也。

> 自梅蘇變盡崑體，獨創生新，必辭盡於言，言盡於意，發

> 揮鋪寫，曲折層累以赴之，竭盡乃止。……然含蓄淳泓之
> 意，亦稍衰矣。
> 山谷學杜公，七律專以單行之氣，運於偶句之中。東坡學
> 太白，則以長古以氣，運於律句之中，樊川七律，亦有一
> 種單行票姚之氣。

因此可以斷言，王安石雖然後繼無人，但本身作品在承襲唐人詩風
上所作的努力，早已獲得當代人正面的肯定。吳喬《圍爐詩話》卷
五：

> 宋人先學樂天无可，繼學義山，故失之輕淺綺靡。梅都官
> 倡爲平淡，六一附之，僅在皮毛，未究神理，遂流爲粗直。
> 間雜長硬，下險字湊韻，如山麋野兒，不復可耐。後雖屢
> 變，而雅奏日湮，敷陳多於比興，蘊藉少於發舒，意長筆
> 短者，十不一二也。唯介甫詩能令人尋繹於言語之外，當
> 其絕詣，實自可興可觀，特推爲宋人第一。

以王安石詩具有言外之意，絃外之音，能令人一唱三歎，故推爲宋人
第一。足見其詩風獨特，成就斐然。

稍後擬就此一特點，從事客觀的分析。唯是在析論之前，有一重
要問題亟須澄清。究竟王安石的作品，是否確如張舜民、黃庭堅所評？
有無出入？

一、徑直淺露，較不涵蓄

葉少蘊《石林詩話》：

> 王荊公少以意氣自許，故詩語唯其所向，不復更爲涵蓄，
> 如「天下蒼生待霖雨，不知龍向此中蟠」，又「濃綠萬枝紅
> 一點，動人春色不須多」、「平治險穢非無力，潤澤焦枯是
> 有才」之類，皆直道其胸中事。後爲群牧判官，從宋次道
> 盡假唐人詩集博觀而約取，晚年始盡深婉不迫之趣。乃知
> 文字雖工拙有定限，然亦必視初壯，雖此公方未至時，亦
> 不能力強而遽至也。

按所引詩題分別是：〈龍泉寺石井〉、〈詠榴花〉、〈次韻和甫詠雪〉。其

中〈詠榴〉一首，或謂唐人詩，或謂王平甫詩，無可確考。又按王安石〈唐百家詩選序〉：「余與宋次道同為三司判官時，次道出其家藏唐詩百餘編，誘余擇其精者，次道因名曰《百家詩選》。」應為三司度支判官任上，非群牧判官，《石林詩話》誤記。葉少蘊的評論，意謂王安石少壯時期，由於胸懷大志，自許甚高，吐露在詩語裏，不免有較為徑直淺露的傾向。研究上述三詩，本是詠石井、榴花和雪三件事物，而葉少蘊摘其詩語，稱「皆直道其胸中事」，事實上，已是指其言外之意，絃外之音，即內在隱喻的涵義而言。就運用之手法看，不可謂「直」了。主要是王安石年輕時，才氣發揚，又心直口快，往往難掩心中之事，以致在詩意上，未能充分做到不著痕跡的涵蓄境界，以致落人「直陳」的口實。除這三首之外，一般還喜歡舉下面幾個例子，如〈華藏院此君亭〉：

誰憐直節生來瘦，自許高材老更剛。

是借竹以喻其才華高且志節清剛，至老彌堅。如〈孤桐〉：

凌霄不屈己，得地本虛心。歲老根彌壯，陽驕葉更陰。明時思解慍，願斲五絃琴。

以孤桐自喻涵養深厚，不為世俗所動搖，願保此孤忠，待來日大用時獻身朝廷。如〈登飛來峰〉：

不畏浮雲遮望眼，自緣身在最高層。

本是登高可以望遠之意，隱含見高識遠，則不為流俗所蔽之意，均見抱負不凡。有趣的是，類似葉少蘊所稱為淺露的作品，也發生在王安石為相時和罷相之後的作品裡。如〈孟子〉：

何妨舉世嫌迂闊，故有斯人慰寂寥。

如〈雨過偶書〉：

誰似浮雲知進退，纔成霖雨便歸山。

吳喬《圍爐詩話》卷五及賀裳《載酒園詩話》，以與〈送喬秀才歸高郵〉、〈雲山詩送正之〉、〈日出堂上飲〉、〈我欲往滄海〉、〈詳定試院二首〉之二、〈寄曾子固〉、〈愁臺〉、〈次韻和甫詠雪〉、〈定林寺〉、〈定林院〉、〈至

開元僧舍上方次韻舍弟〉、〈次韻耿天騭大風〉、〈與微之同賦梅花得香字〉
三首之一、〈和平甫寄陳正叔〉、〈金陵懷古〉四首之四、〈送彥珍〉、〈寄
張郎中〉、〈寄友人〉三首之一、〈示四妹〉、〈葛溪驛〉、〈除夜寄舍弟〉
等，俱列爲「令人尋繹於言語之外」、「可興可觀」的例證。其實這毫不
足怪。所謂「徑直」、「淺露」，或「涵蓄」、「委婉」等概念，都是由比
較而來，是相對的，而不是絕對的。它常會因爲個人主觀認知的不同，
而產生差距。試將〈龍泉寺石井〉、〈華藏院此君亭〉等作，與作於嘉祐
元年群牧判官任上的〈虎圖〉、及作於嘉祐四、五年間的〈明妃曲〉二
首比較，它們都是早期的作品：

> 想當槃礴欲畫時，睥睨衆史如庸奴。神閑意定始一掃，功
> 與造化論錙銖。（〈虎圖〉）

詩意爲：「我想像畫家將要下筆的時候，一定是意氣昂揚，旁若無人，
把那衆多的畫匠都看成是庸碌之輩。他神態閑適，心平氣和，然後大
筆一揮，那創造力簡直與造化相差無幾！」浮表是頌贊畫家而作，其
實寓寄王安石與畫虎大師一樣的胸有成竹，目空一切，只待時機來
臨，一展所長，令世人刮目相看。

> 君不見咫尺長門閉阿嬌，人生失意無南北。（〈明妃曲二首〉
> 之一）

> 漢恩自淺胡自深，人生樂在相知心。（〈明妃曲二首〉之二）

詩意爲：「你難道沒看見陳阿嬌離君王近在咫尺，結果卻被關在長門
宮裏？人生失意，是不分南北，到處都是相同的。」「漢元帝對王昭
君的愛幸，自不如匈奴呼韓邪單于來的深。人生最快樂的事，莫過遇
到一名知己，瞭解自己的心曲。」藉昭君這名歷史上的美女，表達不
得君王賞識的怨曲，並以得君知遇，爲人生最大的樂事。一爲題畫，
一爲詠史，皆是自身的寄託。藝術手法的運用以及意念的表達，顯然
是比前述諸詩來的矜鍊深雅的多。但是，若再取〈虎圖〉、〈明妃曲〉，
與暮年小詩如〈出郊〉、〈寄蔡天啓〉、〈歲晚〉等深婉不迫、情韻不絕
的作品相較，則相去不可以道里計。因此，王安石早期作品，確有內

容意義較爲徑直淺露，不夠委婉涵蓄的特點。葉少蘊持之有故，言之成理，可以補充張舜民、黃庭堅評語之不足。

二、好說理議論

吳之振《宋詩鈔・臨川集小序》：

> 安石少以意氣自許……晚年始悟深婉不迫之趣。然其精嚴深刻，皆步驟老杜所得。而論者謂其工緻，無悲壯，讀久則令人筆拘而格退，余以爲不然。安石遣情世外，其悲壯即寓閑淡之中。獨是議論過多，亦是一病矣。

指陳王安石「議論過多，亦是一病」。事實上，王安石早歲以至晚年之詩，不唯好發議論，如散文句法的大量運用、詞彙韻腳的奇險怪僻、逞才學、搬典故，凡蘇黃二宗，乃至韓愈、歐陽脩所有的特徵，在王安石的詩集中都不難被發現，後文將逐一加以說明。

王安石早期議論說理的作品，以作於皇祐元年二十九歲左右的〈省兵〉，和皇祐五年三十三歲的〈兼併〉二首，最具代表性。〈省兵〉：

> 有客語省兵，兵省非所先。方今將不擇，獨以兵乘邊。
> 前攻已破散，後距方完堅。以眾亢彼寡，雖危猶幸全。
> 將既非其才，議又不得專。兵少敗孰繼？胡來飲秦川。
> 萬一雖不爾，省兵當何緣？驕惰習已久，去歸豈能田？
> 不田亦不桑，衣食猶兵然。省兵豈無時？施置有後前。
> 王功所由起，古有〈七月〉篇。百官勤儉慈，勞者已息肩。
> 游民慕草野，歲熟不在天。擇將付以職，省兵果有年。

詩意爲：「有人提出裁減兵員的主張，我認爲省兵並非當務之急。如今朝廷任用將領，都沒有經過審慎的抉擇，只是靠著兵士守衛邊境。前鋒部隊一旦被攻破擊潰了，後衛部隊還完整堅固。用眾多的兵力去阻擋敵人少數的精兵，雖然危險，至少還有保全陣地的希望。我們的將領既無統兵的才幹，又沒有賦予決斷的實權，如果兵員少，一下打敗了，派誰繼續上陣？到時敵軍就會長驅直入，飲馬秦川。就算萬一情況不是如此，要裁減兵員應該採取什麼步驟？兵卒早已養成驕縱懶

惰的習氣，如果馬上裁撤回鄉，又怎能從事農耕的工作？不種田又不
栽桑，穿衣吃飯仍和當兵一樣，得靠國家來給養。要裁兵難道還怕沒
有機會嗎？祇不過具體的措施總得明辨輕重緩急。王業的基礎是靠農
業生產，古代〈七月〉一詩已經明白指出。政府大小官員如果都勤儉、
慈愛，百姓就能減輕不少負擔；無業游民如果都樂於歸農，農作物的
豐收就不須仰賴天公了。然後再挑選有才能的將領，授予他應有的職
權，那麼，便終有可能裁兵的一天。」首二句點題，籠罩全篇，接下
十二句說明不能省兵的理由，接下十四句，說明裁兵之前所必須採取
的一系列措施，包括對省兵弊害的認知，以及裁兵的經濟、政治和軍
事的前提。通篇皆是議論，層次井然，說理透闢。〈兼并〉：

> 三代子百姓，公私無異財。人主擅操柄，如天持斗魁。
> 賦予皆自我，兼并乃姦回。姦回法有誅，勢亦無自來。
> 後世始倒持，黔首遂難裁。秦王不知此，更築懷清臺。
> 禮義日已偷，聖經久埋埃。法尚有存者，欲言時所咍。
> 俗吏不知方，掊克乃爲材。俗儒不知變，兼并可無摧。
> 利孔至百出，小人私開闔。有司與之爭，民愈可憐哉。

詩意爲：「在夏商周三代時期，天子將百姓視爲子女一般看待，不論
是公家或私人，都沒有非份的財物。君主縱攬大權，就像是上天以北
斗星指揮眾星運行。凡徵收賦稅或賞賜財物，都掌握在君主手中；私
人兼并則被視爲奸邪的行爲，這種奸邪的行爲是要受到法律的制裁，
因此兼并的形勢便無由產生。到了後世的君主才本末倒置，賦予大權
交了出來，兼并一旦發生了，百姓於是就難以管理了。秦始皇不懂得
兼併壟斷的禍害，甚至還爲巴蜀寡婦築了一座女懷清臺。國家的制度
和社會的道德從此一天天淪喪破壞，聖人的經典也塵封已久，受到空
前長期的冷落。其實，古代法制還有部份保存下來，我想提倡，卻爲
時論所譏評。那些淺薄的官吏不懂得治國的方法，將橫徵暴斂視作才
幹，而迂腐的儒生又不知變通，認爲兼并的現象可以不加制止。結果
生財的管道層出不窮，奸詐的小人便乘機操縱貨物，壟斷資源。然後

官吏再和他們爭奪財利，老百姓的處境就更加令人同情了。」前八句是描述三代是個沒有兼并的理想社會，接下八句是追述兼并的由來和發展，後八句則是揭露兼并的禍害，並提出反制兼并的主張。這篇議論，後來引起反對者大肆的抨擊，南宋魏慶之《詩人玉屑》卷十七引蘇轍之言：「介甫不忍貧民而深疾富民，志欲破富民以惠貧民，不知其不可也。方其未得志也，爲〈兼并〉之詩，其詩曰：……及其得志，專以此爲事，設青苗法以奪富民之利，民無貧富，兩稅之外皆重出息十二，更緣爲姦，至倍息，公私皆病矣。」甚至稱「蓋詩之病，未有若此之酷者也。」以上二詩，由於過分重視內容，忽視形式技巧，所以缺乏藝術的感染力。

王安石早期比較上乘的說理議論，是不見於字表而自有褒貶的，如〈澶州〉一首：

> 去都二百五十里，河流中間兩城峙。南城草草不受兵，北城樓櫓如邊城。城中老人爲予語，契丹此地經鈔虜。黃屋親乘矢石間，胡馬欲踏河冰渡。天發一矢胡無酋，河冰亦破沙水流。歡盟從此至今日，丞相萊公功第一。

詩意爲：「澶州距離汴京只有二百五十里，黃河一道從南邊流過，形成南北兩座城對峙的形勢。南邊的樊城防備鬆懈，無法抵抗北方騎兵的入侵；而北邊戚城的樓船卻一艘艘的沿河駛進了邊境的城市。城中的老人告訴我，五十多年前，契丹就是從這塊地方大舉南下攻城掠地，眞宗皇帝還御駕親征，來到這戰箭密集沙石遍野的危險戰場。在冰天雪地裡，胡人騎著馬想要渡越冰封的黃河，宋朝的兵士一箭射殺了胡人的將領撻覽。兩國從此訂立了和約，結爲兄弟之國，而歡樂的盟約從那天開始，一直延續到今日。如果要論起誰的功勳最大，那麼宰相寇準無疑地應居首功。」表面寫澶淵之盟維繫宋遼間的長久和平，並頌美寇準的功績，骨子裡卻是諷刺宋朝武功不競，乃至兵備廢弛、封疆不守，結果勞動皇帝冒險親赴戰場指揮。劉辰翁評爲：「語如不著褒貶，熟味最高。」最爲親切。此外，還有一首〈白溝行〉，

可能與〈澶州〉一樣，作於出使契丹之時。現節錄中間四句：

　　蕃使常來射狐兔，漢兵不道傳烽燧。

　　萬里鉏耰接塞垣，幽燕桑葉暗川原。

詩意爲：「契丹騎兵時常到邊境來射狐捕兔，宋朝軍隊認爲沒有發出警報的必要。放眼望去綿亙萬里的邊疆全是一片農田，而幽燕一帶卻是密佈的桑林，遮蔽著河川原野。」以南北邊境地區情況的對比，烘襯宋朝邊防的鬆懈，可乘之隙甚多，還有遼國居心叵測，隨時埋伏著殺機。希望促使朝廷重視邊防的問題。

　　類似〈省兵〉、〈白溝行〉的作品，還有〈酬王詹叔奉使江東訪茶法利害見寄〉、〈收鹽〉、〈感事〉、〈發廩〉、〈和吳御史汴渠詩〉、〈送宋中道通判洺州〉、〈寓言〉第三第四第八首、〈白日不照物〉、〈讀進士試卷〉、〈詳定試卷二首〉、〈試院五絕〉等。王安石少懷大志，意在濟世行道，詩才雖高，從不以詩人自命，因此，具有詩人敏銳多感的特質，多未發揮爲情韻綿邈的詩篇；反而將情緒收斂，化成以理智爲主的論政說理之作。從〈李璋下第〉：「意氣未宜輕感慨，文章猶忌數悲哀」之句，可以窺探他內在那份幽微的心思。這些論政的作品，即是他在各地及京師爲官，透過廣泛的考察，深切的去體認人民的疾苦、瞭解政治的良窳，經由理智知性的反省醞釀以後，成爲他的經濟大略、政治理想，而寓寄在詩裡的明證。詳味主要的動機，並不在強調政治的黑暗、舖衍形容民眾的哀傷苦痛，而是借著對社會現況深入瞭解與關注，表達他興利除弊的主張與決心。充分流露出偉大政治家經世致用的遠大抱負，與仁者悲天憫人的大胸懷。

　　另有一類是詠史的作品，如〈明妃曲〉第一首，作於嘉祐四年三十九歲。

　　　　明妃初出漢宮時，淚濕春風鬢腳垂。低回顧影無顏色，尚
　　　　得君王不自持。歸來卻怪丹青手，入眼平生未曾有。意態
　　　　由來畫不成，當時枉殺毛延壽。一去心知更不歸，可憐著
　　　　盡漢宮衣。寄聲欲問塞南事，祇有年年鴻鴈飛。家人萬里

傳消息，好在甄城莫相憶。君不見咫尺長門閉阿嬌，人生
失意無南北。

其中「意態由來畫不成，當時枉殺毛延壽」二句為議論。意思是：「人
物最美的神情姿態向來是無法描摹傳達的，元帝當年憤而殺掉畫工毛
延壽，實在是冤枉。」王安石祇是借題發揮，含蓄的指責國君剛愎昏
昧，經常埋沒和扼殺人才。在白居易、李商隱等作家寫得濫熟了的題
材上翻出新意，議論委實高奇。另一首〈賜也〉：

賜也能言未識真，誤將心許漢陰人。桔槔俯仰妨何事？抱
甕區區老此身。

後兩句是說：「利用桔槔這種機械一上一下的取水，並沒有什麼害處，
何必一定要像漢陰的丈人，抱著瓦罐汲水，勞勞碌碌過一生」。主要
是借對子貢的諷刺，指責世俗抱殘守闕，不圖變化的保守思想。成為
中國歷史上重視科技發展，講求實效的重要言論。〈九井〉一首大約
作於舒州通判任上：

沿岸涉澗三十里，高下犖确無人耕。捫蘿挽蔦到巖趾，仰
見吹瀉何崢嶸。餘聲投林欲風雨，末勢捲土猶溪坑。飛蟲
凌兢走獸駭，霜雪夏落雷冬鳴。野人往往見神物，鱗甲漠
漠雲隨行。我來立久無所得，空數石上菖蒲生。中官繫龍
投玉冊，小吏磔狗澆銀觥。地形偶爾藏險怪，天意未必司
陰晴。山川在理有崩竭，丘壑自古相盈虛。誰能保此千鍾
後，天柱不折泉常傾。

後面六句的意思是：「此處只是偶然形成的險怪地形，不一定是上天
有意讓它主管人間的晴雨。山峰會崩塌，江河會枯竭，這是合乎自然
規律。自古以來，就有丘陵變為溪谷，溪谷變為丘陵的現象。誰又能
擔保千年萬載以後，這裡的高山不會坍塌，而瀑布仍照樣地飛瀉呢！」
此詩主要是說明地理的發展變化乃是自然的現象，並破除當地流傳神
龍能掌管陰晴這種荒誕無稽的鬼神迷信思想。

　　王安石早期的詠史說理，仍不脫實用的諷諭或教化作用，試圖以
其對事物的真知灼見，來影響朝廷的施政或扭轉世俗的成見、社會的

風氣。這是他長年涵詠經史百子之中，奠定了深厚的思想學術基礎與分明的是非判辨能力的結果。充分表露出他具有學者思想家博學高才及多智的一面。晚年所作〈杖藜〉一首：「堯桀是非猶入夢，因知餘習未全忘。」坦誠議論歷史和褒貶人物的習性已經根深柢固，無法消除。同類的作品還有：〈讀墨〉、〈揚雄〉三首、〈漢文帝〉、〈韓信〉、〈讀漢書〉等。而〈酬王伯虎〉、〈張氏靜居院〉、〈眾人〉、〈和沖卿鴉樹石屏〉、〈杜甫畫像〉、〈哭梅聖俞〉、〈楊劉〉、〈和董伯懿詠裴晉公平淮西將佐題名〉、〈吳長文新得顏公壞碑〉，或通篇議論說理，或借題發揮。有論立身處事之道，有論文、論詩、論書法的，內容森羅萬象。晚年作品仍多，義理之精深尤有過之。舉〈烏江亭〉、〈漢武〉二詩為例，以見一斑。〈烏江亭〉：

> 百戰疲勞壯士哀，中原一敗勢難迴。
> 江東子弟今雖在，肯為君王卷土來？

詩意為：「經過無數次大小戰役以後，英勇的壯士們都已疲憊不堪，聽到四面傳來的楚歌，都不禁悲傷地思念起家鄉來了。尤其是垓下一戰失敗之後，大勢底定，已經難以挽回。雖然江東一帶還有很多青年才俊，有誰肯替項王效力，幫他卷土重來呢？」唐杜牧〈烏江亭〉：「勝敗兵家事不期，包羞忍恥是男兒。江東子弟多才俊，捲土重來未可知。」目的在宣揚不撓不撓的精神，而王安石翻杜牧的舊案，以為項羽垓下之敗，蓋世英名掃地盡矣，八千江東子弟又無一人生還，必已失盡人心，誰還肯依附他呢？詩本杜牧之句脫化而出，惟措辭立意完全不同。至於〈漢武〉一首：

> 壯士悲歌出塞頻，中原蕭瑟半無人。
> 君王不負長陵約，直欲功成賞漢臣。

詩意為：「勇士們悲壯的唱著戰歌，頻頻出塞遠征去了，中原一帶冷落荒涼到幾乎看不到人煙。那是因為漢武帝即位以來，便恪尊高祖所立下的誓約，是要讓臣子立下戰功，再加以封賞呢！」後兩句尖銳地諷刺漢武帝不惜勞師遠征疲困天下的行徑，其實是由於好大喜功的心

理在作祟，寫的十分深婉。二詩反襯變法謀的是國家人民的公益，而非一己之私，結果未能得到人心全力的支持，而遭到徹底的失敗，自是萬分的黯然與無奈！餘如〈讀史〉、〈讀蜀志〉、〈范增〉二首、〈謝安〉、〈揚子〉三首、〈韓子〉、〈子貢〉、〈四皓〉二首、〈諸葛武侯〉、〈純甫出僧惠崇畫要予作詩〉、〈題燕侍郎山水圖〉、〈同王濬賢良賦龜得升字〉、〈游土山示蔡天啓祕校〉、〈用前韻戲贈葉致遠直講〉、〈白鶴吟示覺海元公〉、〈車載板〉二首、〈酬王濬賢良松泉二詩〉、〈謝公墩〉等，皆涉議論，都是出於晚年之筆。

議論說理究竟是不是病，這本不是三言兩語可以說清的。簡單的說，倘使詩的內容，祇是抽象的說理，而沒有具體意象的烘襯，理勝其詞，淡乎寡味，便是病。反之，如果透過具體而鮮明的意象，使得詩外洋溢出飽滿的情趣、理致或禪味，便不是病。如〈明妃曲〉、〈九井〉、〈烏江亭〉，從文學藝術的角度看，何害爲議論說理！

三、好以散文入詩

在詩中參入古文風格，起源甚早。周秦之《詩》、《騷》，漢魏以來之雜體歌行已有之。至唐李杜以前，已有漸多的趨勢，但也不過人不數篇、篇不數句而已。至韓愈始神通廣大，薈萃諸家句法之長，充類至盡，窮妍極態，宋歐陽脩繼踵其後。及至王安石，通文於詩的傾向，較韓歐尤有過之。其詩五言七言古詩部份，不用散文句法入詩的幾乎找不到幾首，幾乎可說到了毫無避忌大量使用的地步。有的是整篇的用，有的或多或少夾著幾句；即使講究嚴整精工的律體，也不能例外，習慣地插入一二句。以文爲詩有三個特色：（1）是句子單行不對仗。（2）是運用虛字行氣。（3）是句子長短參差不齊。目的無非是讓詩歌在不喪失整齊的形式下，內容上能接近散文那樣比較能暢所欲言，風格上能接近散文那樣比較流動瀟灑，或者古茂渾灝。

（一）句子單行不對仗

在王安石總共四百三十九首古體詩中，整首完全單行不對仗的便

有二百五十餘首，佔全數的二分之一強。其中〈和董伯懿詠裴晉公平淮西將佐題名〉一首長達五十八句之多、〈送程公闢之豫章〉有四十三句、〈送李宣叔倅漳州〉有四十二句、〈寄吳氏女子〉有四十句，通篇不雜一對句。而三十句以上的長篇也有〈和吳沖卿鴉樹石屏〉、〈哭梅聖俞〉、〈感事〉、〈寄丁中允〉、〈別孫莘老〉、〈和微之登高齋〉等；二十句以上的更多，將近四十首，都是完全單行。至於〈寄曾子固〉更長達百句、〈憶昨詩示諸外弟〉長六十句、〈同王濬賢良賦龜得升字〉五十二句，雖非徹頭徹尾的單行，間也不過溶入一二對句而已，讀之宛如押韻之文。姑舉〈寄丁中允〉、〈同王濬賢良賦龜得升字〉二首，以見其梗概。〈寄丁中允〉一首大約作於鄞縣知縣任內：

> 人生九州間，泛泛水中木。漂浮隨風波，邂逅得相觸。
> 始我與夫子，得官同一州。相逢皆偶然，情義乃綢繆。
> 我於人事疏，而子久已脩。磨礱以成我，德大不可疇。
> 乖離今六年，念子未嘗休。豈不道相逢？但得頃刻留。
> 歡喜不滿顏，長年抱離憂。
> 古人有所思，千里駕牛車。如何咫尺間，而不與子遊？
> 顧惜五斗米，無辜自拘囚。念彼磊落者，心顏兩慚羞。
> 剡山碧榛榛，剡水日夜流。山行苦無蠟，水淺亦可舟。
> 使君子所善，來橶自可求。何時有來意？待子南山頭。

開首四句為第一段，寫人生相識，起於偶然的邂逅。「始我與夫子」四句為第二段，敘述二人結識的經過，與彼此交誼的深厚。「我於人事疏」四句為第三段，寫對方於己有提攜覆護的恩德。「乖離今六年」六句為第四段，敘述別後六年彼此聚少離多，並及於日常生活的情況。「古人有所思」八句為第五段，自問思念對方而未前往探訪，主要是官事纏身之故；並對丁元珍心胸的磊落表示欽服。「剡山碧榛榛」八句為第六段，寫二人相距近在咫尺，交通也便利，問對方何時有意前來，必引頸佇候。在詩意流爽暢達中，自見散文綿密的章法與分明的段落。另一首〈同王濬賢良賦龜得升字〉，寫於晚年隱居鍾山時期：

> 世傳一尾龜百齡，此龜逮見隋唐興。雖然天幸免焦灼，想

見縮頸愁嚴凝。前年赴海不自量，欲替鼇負三嶕嶒。番禺
使君邂逅見，知困簸蕩因嗟矜。疾呼豫且設網取，以組繫
首艣穿繩。北歸與俱度大庾，兩夫贔屭苦不勝。艤舟秦淮
擔送我，云此一可當十朋。昔人寶龜謂神物，奉事枯骨尤
兢兢。殘民滅國遞爭奪，有此乃敢司靈丞。於時睹甲別貴
賤，太卜藏法傳昆仍。豈知元君須見夢，初如歡喜得未曾。
自從九江罷納錫，眾漁賤棄秋不登。卜人官廢亦已久，果
獵誰復知殊稱？今君寶此世莫識，我亦坐視心瞢瞢。揩床
纏堪比瓦礫，當粟豈肯捐斗升？糝頭腥臊何足嗜？曳尾汙
穢適可憎。盛涭除聾豈必驗？蹈背出險安敢憑？刳腸以占
幸無事，卷殼而食病未能。如聞翕息可視效，往乃有墮崖
千層。仰窺朝陽俯引氣，亦得難老如岡陵。諒能學此眞壽
類，世論妄以蟲疑冰。嗟余老矣倦呼吸，起晏光景難瞻承。
但知故人所玩惜，每戒異物相侵陵。惟憂盜賊今好卜，夜
半劫請無威懲。復恐嚘夫負之走，并竊老木爲薪蒸。淺樊
荒圃不可保，守視且寄鍾山僧。

從「世傳一尾龜百齡」到「云此一可當十朋」爲第一段，寫一隻百齡
神龜的來歷及其當日的身價。「昔人寶龜謂神物」到「果獵誰復知殊
稱」爲第二段，寫古人如何重視神龜？即使枯骨也小心翼翼加以奉
事，常爲爭奪它而不惜大動干戈。而靈龜也有辨別貴賤的方法，但已
經失傳很久了。「今君寶此世莫識」到「世論妄以蟲疑冰」爲第三段，
敘述龜如今被視爲無用之物，僅有少數人觀察它吐納的方法而效做
之，希望求得長生不死。「嗟余老矣倦呼吸」到「守視且寄鍾山僧」
爲第四段，寫年老晏起，無法視效。心恐爲盜賊竊取，利用來占卜或
食用，只有請寺僧代爲保管。全首詩以一尾百齡巨龜爲主題，爲靈龜
落難被捕的遭遇和它即將面臨危險的未來而感到同情，寫靈龜今昔的
價值容有不同，因爲長壽的理由致禍則是一樣的。在一個小的主題上
大作文章，內容極力的舖衍，運用艱難的字彙，冷僻的典故，以見才
學，是十足代表王安石晚年七古風格的一首。

（二）運行虛字行氣

　　在虛字的運用方面，王安石可以說在韓歐的基礎上，作更進一步的發揮。表情更爲生動傳神，敘事更爲綿密曉暢，議論說理彌加掉轉自如，毫不拘窘。所謂虛字，是相對於名詞、動詞和形容詞這些實字的名稱，主要包括語氣詞、連接詞、副詞、代名詞等。如〈得子固書因寄〉一首：

　　　　始吾居揚日，重問每見及。云將自親側，萬里同講習。
　　　　子行何舒舒？吾望已汲汲。窮年夢東南，顏色不可挹。
　　　　仁賢豈欺我？正恐事維縶。嚴親抱憂衰，生理賴以給。
　　　　不然航江外，天寒北風急。無逾山路惡，僕弱馬行澀。
　　　　孤懷未肯開，歲物忽如蟄。竭來高郵住，巷屋頗卑溼。
　　　　蓬蒿稍芟除，茅竹隨補葺。苟云禦風氣，尚恐憂雨汁。
　　　　故人莫在眼，慶獨開巾笈。忠信蓋未見，吾敢誣茲邑？
　　　　出門誰與語？念子百憂集。眺聽聊自放，日暮城頭立。
　　　　徐歸坐當戶，使者操書入。時開識子意。如渴得美湆。
　　　　驪駒日就道，玉手行可執。舊學待鑱磨，新文得刪拾。
　　　　重登城頭望，喜氣滿原隰。

如〈讀進士試卷〉：

　　　　文章始隋唐，進士取一律，安知鴻都客，竟用程人物？
　　　　變今嗟未能，於己空自咄。流波亦已漫，高論常見屈。
　　　　故今傲儻士，往往棄堙鬱。皋陶敘九德，固有知人術。
　　　　聖世欲爾爲，徐觀異人出。

二詩都作於變法之前，虛字普遍散見句中；即如晚年也不免，其至更爲用心刻劃經營。如〈夜夢與和甫別如赴北京時和甫作詩覺而有作因寄純甫〉：

　　　　水菽中歲樂，鼎茵暮年悲。同胞苦零落，會合尚悽其：
　　　　況乃夢乖闊，傷懷而賦詩。詩言道路寒，乃似北征時。

　　叔兮今安否？季也來何遲？中夜遂不眠，展轉涕流離。

　　老我孤主恩，結草以為期。冀叔善事國，有知無不為。

　　千里永相望，昧昧我思之。幸唯季優游，歲晚相攜持。

　　於焉可晤語，水木有茅茨。畹蘭佇歸憩，遠屋正華滋。

間雜若干虛字，散文意味濃厚，卻也瀰漫著魏晉間詩歌古樸的風氣。

　　下文姑舉若干心裁獨出，或較有意味的句子，以見王安石古詩使用語助的情形：

　　而我方渺然，長波一歸艇。（〈己未耿天騭著作自烏江來予逆沈氏妹于白鷺洲遇雪作此詩寄天騭〉）

　　豈無方外客，於此停高蠋。（〈招約之職方并示正甫書記〉）

　　雖無北海酒，乃有平津肉。（同上）

　　豈惟貌如之，侃侃有公德。（〈張明甫至宿明日送行〉）

　　寢言且勿寐，庶以永今夕。（同上）

　　溪山寧有此，園屋諒非今。（〈奉酬約之見招〉）

　　豈特茂松竹，梧楸亦冥冥。（〈寄吳氏女子一首〉）

　　膏粱以晚食，安步而輜軿。（同上）

　　微雲會消散，豈久污塵滓。（〈與呂望之上東嶺〉）

　　聊為山水遊，以寫我心惆。（〈與呂望之至八功德水〉）

　　念子且行矣，邀子過我廬。（〈邀望之過我廬〉）

　　豈魚有此樂，而我與子無。（同上）

　　子來我樂只，子去悲如何。（〈聞望之解舟〉）

　　謂言少淹留，大舸已凌波。（同上）

　　惜哉此佳景，獨賞無與晤。（〈步月二首〉之一）

　　豈予久忘之，而欲我小停。（〈涔亭〉）

秋日幸未暮，奈何雨冥冥。（同上）

豈伊不可懷，而使我心往。（〈夢黃吉甫〉）

誰謂秦淮廣，正可藏一艓。（〈游土山示蔡天啓秘校〉）

彼哉斗筲人，得喪易矜怯。（同上）

爭也實逆德，豈如私鬥怯。（〈同前韻戲贈葉致遠直講〉）

底事春風來，留愁愁不住。（〈自遣〉）

自喻適志歟，翻然夢中蝶。（〈自喻〉）

胡爲大多知，不默而見忌。（〈車載板二首〉之二）

何膠膠擾擾，而紛紛籍籍。（〈次韻約之謝惠詩〉）

豈嘗搉其子，而爲民父母。（〈酬王詹叔奉使江東訪茶法利害見寄〉）

夥矣富阡陌，衰哉此無橃。（同上）

何當困炎熱，以此滌煩壅。（〈和吳沖卿雪詩〉）

嗟人皆行樂，而我方坐愁。（〈送張拱微出都〉）

緣以湘水竹，攜持與南北。（〈送李屯田守桂陽〉二首之一）

老矣無所爲，空知念疇昔。（同上）

徒能感我耳，顧爾安知秋。（〈即事六首〉之二）

懷哉山川異，往矣雪霰稠。（〈解使事泊棠陰時三弟皆在京師二首〉之一）

爾舟亦已戒，五兩翻然起。（〈寄朱氏妹〉）

生姿何軒軒，或是龍之媒。（〈兩馬齒俱壯〉）

諒無與弦歌，幽獨亦可喜。（〈散髮一扁舟〉）

夥矣哀此民，葦籥寧易投。（〈答揚州劉原甫〉）

名城雖云樂，行矣未宜遽。（〈送元厚之待制知福州〉）

自非身有求，不敢微啓唇。(〈車螯二首〉之二)

欲斸三畝疏，於焉寄殘齒。(〈送董伯懿歸吉州〉)

竭來天柱遊，屐齒尚苔黏。(〈重和平甫舟中望九華山〉)

猶之健飲食，屢饗亦云饜。(同上)

駕言發富藏，云以救鰥惸。(〈發廩〉)

奈何初相歡，鶌首已云北。(〈別馬秘丞〉)

浮名未染污，永矢終焉爾。(〈鮑公水〉)

賞託亦云健，行矣非間關。(〈答曾子固南豐道中所寄〉)

相期東北游，致館淮之灣。(同上)

水竹密以勁，霜楓衰更殷。(同上)

逝者日已遠，百憂詎能追。(〈虔州江陰二妹〉)

庶云留汝車，慰我堂上慈。(同上)

誰將除苐塗，萬里遊人出。(〈望晥山馬上作〉)

靈山名誰自，波濤截孤峰。(〈靈山寺〉)

那知山水樂，豈在豪華宮。(同上)

風初無一言，試以問雲將。(〈詠風〉)

以上五古

豈惟賓至得清坐，因有餘地蘇陪臺。(〈秋熱〉)

織蘆編竹繼檐宇，架以松櫟之條枚。(同上)

詩雖祝我以再黑，積雪已多安可掃。(〈酬王濬賢良松泉二詩〉)

試問蒼官值歲寒，戴白孰與蒼然好。(同上)

世上那知古有秦，山中豈料今爲晉。(〈桃源行〉)

壯哉非熊亦非貙，目光夾鏡當坐隅。(〈虎圖〉)

豈比法曹空自私，卻願天日長炎赫。(〈次韻歐陽永叔端溪石枕
蘄竹簟〉)

元和伐蔡何危哉，朝廷百口無一諧。(〈和董伯懿詠裴晉公平淮
西將佐題名〉)

咨予後會恐不數，魂夢久向東南馳。(〈和貢父燕集之作〉)

永懷古人今已矣，感此近世何爲哉。(〈寄王逢原〉)

今尊子雲者皆是，得子雲心亦無幾。(〈揚雄三首〉之三)

少留燈火就空床，更聽波濤圍野屋。(〈陰漫漫行〉)

但疑技巧有天得，不必勉強方通神。(〈吳長文新得顏公壞碑〉)

昔人寧飲建業水，共道不食武昌魚。(〈寄鄂州張使君〉)

況又詩人多窮愁，李杜亦不爲公侯。(〈哭梅聖俞〉)

子今去此來何時，予有不可誰予規。(〈雲山詩送正之〉)

溪窮壞斷至者誰，予獨與子相諧熙。(同上)

豈無他憂能老我，付與天地從今始。(〈示平甫弟〉)

草木猶疑夏鬱蔥，風雲已見秋蕭索。(〈到郡與同官飲〉)

曾子文章世無有，水之江漢皇之斗。(〈贈曾子固〉)

一來已覺心膽豁，況乃宴坐窮朝晡。(〈杭州修廣師法喜堂)

會將築室反耕釣，相與此處吟山湖。(同上)

先生不試乃能爾，誠令得志如何哉。(〈寄贈胡先生〉)

羌收先生作梁柱，以次構架榱與榱。(同上)

坐欲持此博軒冕，肯言孟子猶飢寒。(〈憶昨詩示諸外弟〉)

出門信馬向何許，城郭宛然相識稀。(同上)

長年無可自娛戲，遠遊雖好更悲傷。(〈寄平甫弟衢州道中〉)

　　頌聲交作莽豈賢，四國流言旦猶聖。(〈眾人〉)

　　以上七言

不僅古詩如此，律詩中間兩聯對偶部份，也喜歡使用語助。律詩也舉兩首詩為例。〈定林院〉作於晚年：

　　漱甘涼病齒，坐曠息煩襟。因脫水邊屨，就敷床上衾。

　　但留雲對宿，仍值月相尋。真樂非無寄，悲蟲亦好音。

首聯：「用清冽的泉水漱口，齲齒感到一陣寒涼。坐在空曠之處，煩躁的心情便平息下來。」意新語鍊，甚見錘鍊之功。頷聯：「於是我便在水邊脫下鞋子，就近鋪好床上的被褥。」頸聯：「只留下白雲伴我相對而眠，卻又恰巧遇見月亮前來相尋。」以擬人法表現閑澹幽獨的境界，予人從容不迫之感。末聯：「真正的快樂並不是心情空虛絲毫沒有寄託的，像我現在留連山水，即使悲切的蟲鳴，聽起來也像優美的音樂。」全詩善用虛字，照應靈活，開宋詩重要法門。〈送王詹叔利州路運判〉一首作於執政之時：

　　王孫舊讀五車書，手把山陽太守符。未駕朱軒辭輦轂，

　　卻分金節佐均輸。人才自古常難得，時論如君豈久孤。

　　去去便看歸奏事，莫嗟行路有崎嶇。

首聯：「你這位王孫飽讀詩書，曾任過山陽太守。」頷聯：「在尚未出任更高的官職便離開京師，銜命出任利州路轉運判官，協助推行均輸法。」頸聯：「自古以來大家咸認人才難得；一般人們對你的評價都很高，怎麼會受到冷落，長久屈居下位呢！」尾聯：「你這趟外放很快便會被召回京師，可不要感歎道途上會遇上險阻艱難呀！」本詩是為王詹叔送行所作。頸聯兩句以文為詩，句法拗折，開江西派的先河。

　　以下是五律七律中運用虛字的情形：

　　春晚取花去，酬我以清陰。(〈半山春晚即事〉)

　　斯文實有寄，天豈偶生才。(〈題雱祠堂〉)

　　長為異鄉客，每憶故時人。(〈送鄧監簿南歸〉)

更傾寒食淚，欲漲治城潮。(〈壬辰寒食〉)

欲作冰霜地，先回草樹秋。(〈秋興和沖卿〉)

物以終為始，人從故得新。(〈次韻沖卿除日言春〉)

為有漁樵樂，非無仕進媒。(〈題友人郊居水軒〉)

清江無限好，白鳥不勝閑。(〈江亭晚眺〉)

來遊仁者靜，傳詠正而葩。(〈和張公舍人訪淨因〉)

詩懶猶能強，官閑肯使忘。(〈答沖卿〉)

猶依食貧地，已愧省煩人。(〈初憩和州〉)

老圃聊須問，良田亦欲求。(〈世事〉)

落日更清坐，空江無近舟。(〈江上二首〉之一)

何言萬里客，更作百身憂。(〈江上二首〉之二)

就死得處所，至今猶耿光。(〈雙廟〉)

此獨身如在，誰令國不亡。(同上)

國論終將塞，民嗟亦已勤。(〈河勢〉)

平居相值晚，況復道途留。(〈寄王補之〉)

金陵限南北，形勢豈其然。(〈和子瞻同王勝之游蔣山〉)

申甫周之翰，龜蒙魯所瞻。(〈送憚州知府宋諫議〉)

不是春風巧，何緣有歲華。(〈染雲〉)

欲尋西坡路，更上北山頭。(〈被召作〉)

故應今夜月，未便照相思。(〈送王補之行風忽作因題四句於舟中〉)

捐書知聖已，絕學奈吾何。(〈偶書〉)

遙知不是雪，為有暗香來。(〈梅花〉)

北人初未識，渾作杏花看。（〈紅梅〉）

以上五律

無心使口肝使目，有幹作身根作頭。（〈次韻葉致遠木人洲二首〉之二）

由來要路當先據，誰謂窮鄉可久留。（〈次韻葉致遠〉）

世事但知吹劍首，官身難即問刀頭。（〈次韻酬朱昌叔五首〉之四）

唱酬自有微之在，談笑應容逸少陪。（〈送程公闢傅謝還姑蘇〉）

氈廬易以梅蒸壞，錦幄終於草野妨。（〈紙閣〉）

己能爲我迂神足，便可隨方長聖胎。（〈榮上人遽欲歸以詩留之〉）

如何憂國忘家日，尚有求田問舍心。（〈和楊樂道韻六首〉其三）

直以文章供潤色，未應風月負登臨。（同上）

文章直使看無纇，勳業安能保不磨。（〈詳安試卷二首〉之一）

當時賜帛倡優等，今日論才將相中。（〈詳定試卷二首〉其二）

功名蓋世知誰是，氣力迴天到此休。（〈將次相州〉）

奉使由來須陸賈，離親何必強曾參。（〈次韻平甫喜唐公自契丹歸〉）

閭里不須多按治，山川從此數登臨。（〈送吳龍圖知江寧〉）

未應谷口終身隱，正合藺川舉國推。（〈送彥珍〉）

己嗟後會歡難必，更想前官責尚輕。（〈沖卿席上〉）

嚼蠟己能忘世味，畫脂那更惜時名。（〈示董伯懿〉）

行藏己許終身共，生死那知半道分。（〈思王逢原二首〉其一）

妙質不爲平世得，微言惟有故人知。（〈思王逢原二首〉其二）

他年若能窺孟子，終身何敢望韓公。（〈奉酬永叔見贈〉）

朝倫孰與君材似，使指將如我病何。(〈酬沖卿見別〉)

當年豈意兩家子，今日更爲同社人。(〈送別韓虞部〉)

意氣未宜輕感慨，文章猶忌數悲哀。(〈李璋下第〉)

男兒獨患無名爾，將相誰云有種哉。(同上)

豪華盡出成功後，逸樂安知與禍雙。(〈金陵懷古四首〉其一)

宦遊雖晚何妨久，餓顯從來不必高。(〈送郊社朱兄除郎中歸〉)

豈堪眞足青冥上，終欲回身寂寞濱。(〈酬吳季野見寄〉)

聖聰應已虛心待，姦黨寧無側目猜。(〈送叔康侍御〉)

高論幾爲衰俗廢，壯懷難値故人傾。(〈寄曾子固〉)

家世到今宜有後，士才如此豈無時。(〈寄關下諸父兄兼示平父兄弟〉)

情知帶眼從前緩，更覺顚毛自此斑。(〈姑胥郭〉)

已覺省煩非仲叔，安能養志似曾參。(〈初去臨川〉)

龍麟直爲當官觸，虎穴寧關射利探。(〈送江寧彭給事赴闕〉)

但可與人漫醫瓿，豈能令鬼哭黃昏。(〈進字說〉)

看取春條隨日長，會須秋葉向人稀。(〈代白髮答〉)

數能過我論奇字，當復令公見異書。(〈過劉全美所居〉)

畢竟論心異恭顯，不妨迷國略相同。(〈讀漢書〉)

何須更待黃粱熟，始覺人間是夢間。(〈懷鍾山〉)

誰合軍中稱亞父，直須推讓外黃兒。(〈范增二首〉之一)

不畏浮雲遮望眼，自緣身在最高層。(〈登飛來峰〉)

以上七律

（三）用雜言求得詩句富於長短的變化

　　王安石的雜言古風共有十八首，有模擬李白風格的〈葛蘊作巫山高愛其飄逸因亦作兩篇〉，有模倣杜甫風格的〈明妃曲〉、〈杜甫畫像〉和〈河北民〉，有模倣張籍而做的〈相送行效張籍〉，有神似韓歐的〈白鶴吟示覺海元公〉和〈和吳沖卿鴉樹石屏〉，更有含有《楚辭》風格的〈寄蔡氏女子〉二首和〈幽谷引〉。其餘是〈法雲〉、〈元豐行〉、〈開元行〉、〈勿去草〉、〈君難託〉、〈書會別亭〉、〈鮑公水〉、數首。雜言是相對於齊言的名詞，特色是句式長短參差不齊，在整齊之中寓有脩短的變化。如〈和吳沖卿鴉樹石屏〉一首，大約作於群牧判官任上：

> 寒林昏鴉 相與還，下有跂石 蒼屛顏。曾於古圖 見彷彿，已怪筆力 非人間。君家石屏 誰爲寫，古圖所傳 無似者。鴉飛歷亂 止且鳴，林葉慘慘 風生煙。高齋日午 坐中見，意似落日 空山行。君詩雄盛 付君手，云此非人 乃天巧。嗟哉！渾沌死，乾坤生，造作萬物醜妍巨細各有理。問此誰主何其精，恢奇譎詭多可喜。人於其間乃復雕鑱刻畫 出智力，欲與造化 追相傾。拙者婆娑 尚欲奮，工者固已 窮夸矜。吾觀鬼神獨與人意異，雖有智巧 無所爭。所以 虢山間，埋沒此寶千萬歲，不爲 見者驚。吾又 以此知，妙偉之作 不在百世後，造始 乃與元氣侔。畫工粉墨 非不好，歲久剝爛 空留名。能從太古 到今日，獨此不朽 由天成。世人尚奇 輕貨力，山珍海怪採掇 今欲索。此屏後出 爲君得，胡賈欲著 價不識。吾知金帛 不足論，當與君詩 兩相直。

二言有一句，三言有二句，五言有三句，七言有二十九句，九言有三句，十一言和十三言各一句，且全是單式句的組合。這種刻意改變了尋常齊言都是上四下三或上二下三人工一律的聲調節奏，而使句子富於屈伸變化，歸返到較爲古樸自然跳動和諧的聲調美，不論從形式上音樂性上而言，都是較爲接近散文氣息的作法。又如〈杜甫畫像〉，大約作於三十二歲：

> 吾觀 少陵詩，謂與 元氣侔。力能排天 幹九地，壯顏毅色 不可求。浩蕩 八極中，生物 豈不稠。醜妍巨細千萬殊，竟莫

> 見以何雕鎪。惜哉命之窮，顛倒 不見收。青衫 老更斥，餓
> 走半九州。瘦妻僵前 子仆後，攘攘盜賊森戈矛。吟哦 當此
> 時，不廢朝廷憂。常願 天子聖，大臣 各伊周。寧令吾廬獨
> 破 受凍死，不忍四海赤子 寒颼飀。傷屯悼屈 止一身，嗟時
> 之人 我所羞。所以 見公像，再拜 涕泗流。推公之心 古亦少，
> 願起公死 從之游。

五言有十四句，七言有十句，九言有兩句，不僅詩筆瘦硬，甚至內
容精神都逼肖杜詩。又如〈葛蘊作巫山高愛其飄逸因亦作兩篇〉其
一：

> 巫山高，十二峰，上有往來飄忽 之猿猱，下有出沒瀺灂 之
> 蛟龍，中有倚薄縹緲 之神宮。神人處子 冰雪容，吸風飲露
> 虛無中。千歲寂寞 無人逢，邂逅乃與襄王通。丹崖碧嶂 深
> 重重，白月如日 明房櫳。象床玉几 來自從，錦屏翠縵 金芙
> 蓉。陽臺美人 多楚語，爭吹鳳管 鳴鼉鼓。那知襄王 夢時事，
> 但見朝朝暮暮 長雲雨。

三言有兩句，七言有十一句，九言有四句，在彷彿李白飄逸的文字風
格外，尚含有深濃的諷刺。

（四）以拗折的句法出奇制勝

在其他齊言的古風和律體中，還有一種故意改變尋常使用的句
式，即五言上二下三，七言上四下三的句式，而改用拗折的句法取代
平舖直敘以求出奇制勝的例子，如：

> 或 昏眠委翳，或 妄走超躐，或 叫號而寱，或 哭泣而魘。（〈游
> 土山示蔡天啓秘校〉）
> 或 自逸而走，或 咶而不嚌。或 嗤元郎漫，或 訛白翁嚚。（〈再
> 用前韻寄蔡天啓〉）
> 開 胸出妙義，可 發矇起魘。（〈用前韻戲贈葉致遠直講〉）
> 或 撞關以攻，或 覰眼而擊。或 贏行伺擊，或 猛出追躡。垂
> 成忽破壞，中斷俄連接。或 外示閒暇，伐事先和燮。或 冒
> 突超越，鼓行令震疊。或 粗見形勢，驅除令遠蹀。或 開拓

疆境，欲并包總攝。或僅殘尺寸，如黑子著靨。或橫潰解散，如尸僵血喋。或慚如告亡，或喜如獻捷。（同上）

簾深卷或避，戶隘關尤擁。（〈和吳沖卿雪〉）

今尊子雲者皆是，得子雲心亦無幾。（〈揚雄三首〉其三）

全是雙式句的組織方式。在大部份以單式句為主的詩中，藉由節奏感的突然轉變，往往可以吸引讀者注意的目光，達到強調語意，並消除節奏感重複單調的作用。〈用前韻戲贈葉致遠直講〉「或撞關以攻」至「悔誤乃批頰」一段，自宋葛立方〈韻語陽秋〉評為「曲盡圍棋之態」始，吳聿《觀林詩話》相繼也提出「（樵夫施遠檐，牧奴停晏饁。）旁觀客技癢，竊議兒女囁。所矜在得喪，聞此更心愵。熟視籠兩手，徐思撚長鬣。微吟靜愔愔，堅坐高帖帖。未快巖谷叟，斧柯常爛涅。趨邊恥局縮，穿腹愁炭案。或撞關以攻，……陷敵未甘虜，報仇方借俠。諱輸寧斷頭，悔誤乃批頰。」一段，以為「曲寫人情之妙也」。王安石極力摹寫形容圍棋旁觀者專注生動的神情、棋局攻守廝殺戰況的激烈，以及參賽者勝負已別時的心態反映，從此就一直為學者所津津樂道。以今日眼光看，真可與〈日出東南隅〉一首烘托描寫羅敷之美的文學技巧相媲美。

另外，包括前列連續以「或」字起首的例子在內，還有幾個特殊情形，如〈重和平甫舟中望九華山〉：

試嘗論大略，次乃述微纖。此山廣以深，包蓄萬物兼。

噓雲吐霧雨，生育靡不漸。巍然如九皇，德澤四海沾。

此山相後先，各出群峰尖。毅然如九官，羅立在堂廉。

挺身百辟上，附麗無妄憸。此山高且寒，五月不覺炎。

草樹淒以綠，冰霜尚涵淹。頹然如九老，白髮連蒼髯。

此山當無雲，秀色鬱以添。姹然如九女，靚飾出重簾。

環珮與巾裾，紺玉青紈嫌。遠之妍西施，近或醜無鹽。

變態不可窮，詩者徒呫呫。

舖寫形容九華山的德澤及其變化多端的形貌，以次用「巍然如九皇」、

「毅然如九官」、「頹然如九老」、「姹然如九女」四個句子領導的若干詩句來形容，爲詩別開生面。又如〈謝公墩〉和〈張氏靜居院〉：

> 想此絓長檣，想此倚短轅，想此玩雲月。

> 問侯年幾何？矯矯八十餘。問侯何能爾？心不藏憂愉。

> 問侯客何爲？弦歌飲投壺。問侯兒何讀？夏商及唐虞。

讀起來，簡直就莫辨散文或韻語了，但後面這些例子都不能算是拗句。

律詩絕句裡，王安石也大膽嘗試使用拗句，如〈聞和甫補池掾〉一首：

> 遭時何必 問功名，自古難將 力命爭。萬戶侯 多歸世胄，五車書 獨負家聲。才華 汝尚爲丞掾，老懶 吾今合釣耕。外物悠悠 無得喪，春郊終日 待相迎。

頷聯與頸聯分別用上三下四和上二下五兩種雙式的拗句，分別強調萬戶侯、五車書、才華、老懶四個詞意。還有〈次韻答陳正叔〉兩首：

> 青衫憔悴 北歸來，髮有霜根 面有埃。群吠 我方驚猘子，一鳴 誰更識龍媒。功名落落 難求值，日月汲汲 去不回。勝事與身 何等近，酒尊詩卷 數須開。

> 田宅荒涼 去復來，詩書顏髮 兩塵埃。忘機 自許鷗相狎，得禍 誰期鶴見媒。此道未行 身有待，古人不見 首空回。何當水石 他年住，更把韋編 靜處開。

〈午枕〉：

> 午枕花前 簞欲流，日催紅影 上簾鉤。窺人鳥 喚悠颺夢，隔水山 供宛轉愁。

〈次韻答陳正叔〉兩首頷聯俱用上二下五雙式的句法，〈午枕〉下聯用上三下四句法。如此吐奇驚俗，正是韓詩的特色。王安石在這些詩中，很明顯地踐履了韓愈「務去陳言」的理論，一方面免除庸俗凡淺，一方面創爲較勁健的詩語風格。像這樣的例子在集中還有一些，如〈詳定試卷〉二首等，但並不多見。

四、喜用僻字險韻

（一）押險韻

王安石在下字用韻方面都十分講究。五古幾乎一律是不換韻的。而七古則不換韻與換韻的比例大約是二比一，不換韻的七古稍多一些。可能是他在七古方面比較偏好作杜韓以後新興而又仿古的體裁，是不大用對仗的一種。在一般的情形下，不論五古七古都是隔句押韻，如果所採用的是寬韻，如支、先、陽、庚、尤、東、眞、虞等，則較顯凡庸；如果用窄韻，如微、文、刪、青、蒸、覃、鹽，或是險韻，如江、佳、肴、咸，可以因難見巧，愈險愈奇，表現詩人通神的本領。《詩人玉屑》卷七引《緗素雜記》，即謂王安石古詩善於用韻：

> 世俗相傳，古詩不必拘於用韻，余謂不然。如杜少陵〈早發射洪縣南途中作及字韻詩〉，皆用緝字一韻，未嘗用外韻也。……其（荆公）〈得子固書因寄〉以及字韻詩，其一篇中押數韻，亦止用緝字一韻，他皆類此，正與老杜合。

舉出〈得子固書因寄〉一首爲例。此詩可參見「運用虛字用氣」下。五古首句以不押韻爲原則，王安石用鄰韻質韻的日字，爲當時一種潮流，其餘各聯落句的韻腳分別是及、習、汲、挹、縶、給、急、澀、蟄、濕、葺、汁、笈、邑、集、立、入、浥、執、拾、隰，完全不出入聲緝韻的範圍。入聲的特點是聲音迫促，最適合用來表達悲傷的心情，此詩讀來便有一股憂苦瀰漫紙上。類似的詩還有〈和吳沖卿雪詩〉：

> 陽回力能奪，陰合勢方鞏。填空忽汗漫，造物誰慫恿。
> 輕於擘絮紛，細若吹毛氄。雲連晝已瞀，風助宵仍洶。
> 憑陵雖一時，變化亦千種。簾深卷或避，戶隘關尤擁。
> 滔天有凍痕，匝地無荒隴。飛揚類挾富，委翳等辭寵。
> 穿幽偶相重，值險輒孤聳。積慘會將舒，群輕那久重。
> 紛葩初滿眼，消釋不旋踵。槁樹散飛花，空簷落懸湩。
> 何當因炎熱，以此滌煩雍。共約市南人，收藏不爲冗。

用腫韻之字表達風雪暴至，覆蓋大地，以及積雪消融的景象，甚有精神。〈送裴如晦即席分題〉三首，趙翼《甌北詩話》卷十一：

> 《芥隱筆談》記荊公在歐陽公席上分韻送裴如晦知吳江，蘇老泉得而字，已押「俟我著乎而」，荊公又押云：「采鯨抗波濤，風作鱗之而」。又云：「春風垂虹亭，一盃湖上持。傲兀河濱客，兩忘我與而。」比較有筆力，然亦可見爭難鬥險，務欲勝人處。《陳後山詩話》云：「詩欲其好則不能好矣，王介甫以工，蘇子瞻以新，黃魯直以奇。」皆有意見好，非知杜子美奇、常、工、易、新、陳，自然無一不好也。

今詳味「傲兀河濱客，兩忘我與而」、「採鯨抗波濤，風作鱗之而」，不僅詩意甚佳，而字更是因巧而見工。其餘〈和吳沖卿雪并示持國〉押腫韻，〈同王濬賢良賦龜得升字〉押蒸韻、〈和董伯懿詠裴晉公平淮西將佐題名〉押佳韻、〈和平甫舟中望九華山四十韻〉及〈重和〉兩首均押鹽韻，〈詠風〉押漾韻、〈酬王濬賢良松泉〉第一首押皓韻，有的選韻適切，聲文合一；有的則真是爲爭難鬥險，務欲勝人了。

　　有一種是一韻到底，但是由兩個或兩個以上的韻部通押的，如〈游土山示蔡天啓秘校〉、〈再用前韻寄蔡天啓〉、〈用前韻戲贈葉致遠直講〉等三首，詩長各一百零四句，總共五十二個韻字完全相同，都是入聲葉韻洽韻和緝韻中的睫、鰈、涉、頰、挾、笈、脅、業、輒、劫、鰪、疊、喋、燮、蝶、厭、捷、怯、牒、愜、楜、堞、箑、葉、帖、接、篋、跕、蹀、擥、浥、筴、醫、獵、躐、魘、帖、鋏、窠、慄、摺、葉、協、蠆、鑷、攝、囁、懾、諜、俠、躡、嚼等字。王安石晚年詩筆老練，絲毫不受韻腳限制所窘，反而能在內容上極力的舖敘或議論，表現出波瀾壯闊的雄偉俊健的風格，這在文學藝術上不能說不是一項突出的成就。其餘像是〈和王微之登高齋〉二首及〈和微之登高齋〉一首灰佳通韻、〈汝瘦和王仲儀〉一首梗迥通韻、〈秋熱〉一首佳灰通韻、〈寄曾子固〉一首泰隊通韻、〈和王樂道烘虱〉一首咠緝通韻，都是艱險見奇崛的例證。

在不換韻的七古裡，有一種模倣柏梁體，是句句押韻的，王安石總共有五首：〈哭梅聖俞〉押尤韻、〈估玉〉押先韻、〈雲山詩送正之〉一首支微通韻、〈我所思寄黃吉甫〉一首紙尾通韻、〈彼狂〉押庚韻。〈器梅聖俞〉作於嘉祐五年：

詩行於世先春秋，國風變衰始柏舟。文辭感激多所憂，_{（尤）}
律呂尚可諧鳴球。先王澤竭士已偷，紛紛作者始可羞。
其聲與節急以浮，真人當天施再流。篤生梅公應時求，
頌歌文武功業優。經奇緯麗散九州，眾皆少銳老則不。
公獨辛苦不能休，惜無采者人名遒。貴人憐公青兩眸，
吹噓可使高岑樓。坐令隱約不見收，空能乞錢助饋餾。
疑此有物司諸幽，棲棲孔孟葬魯鄒。後始卓犖稱軻丘。
聖賢與命相楯矛，勢欲強達誠無由。詩人況又多窮愁，
李杜亦不爲公侯。公窺窮阨以身投，坎軻坐老當誰尤。
吁嗟豈即非善謀，虎豹雖死皮終留。飄然載喪下陰溝，
粉書幅軸懸無旒。高堂萬里哀白頭，東望使我商聲謳。

此詩全首押尤韻，韻腳較隔句押韻爲密，有迫促之感，再加上平聲尤韻字皆有悠徐忉怛之致，適助其哀遠。〈雲山詩送正之〉是首散文氣息濃厚的好詩，作於早年時期：

雲山參差碧相圍，溪水詰曲帶城陴。溪窮壞斷至者誰，_{（微）} _{（支）}
予獨與子相諧熙。山城之西鼓吹悲，水風蕭蕭不滿旗。
子今去此來何時，予有不可誰予規。

更有一種特殊的例子，是〈九鼎〉，全首押入聲韻，除首句之外，奇句是質藥職陌通韻，偶句是屋沃通韻，似乎是王安石有意安排的：

禹行掘山走百谷，蛟龍竄藏魑魅伏。心誌幽妖尚覬隙，_{（屋）} _{（屋）} _{（陌）}
以金鑄鼎空九牧。冶雲赤天漲爲黑。鞴風餘吹山拔木。_{（屋）} _{（職）} _{（屋）}

　　　　　（藥）　　　　　　　（屋）　　　　　　（職）
　　　鼎成聚觀變怪索，夜人行歌鬼晝哭。功施元元後無極，
　　　　（沃）　　　　　　（質）　　　　（屋）
　　　三姓衛守相傳屬。弱周無人有宜出，沉之九幽折地軸。
　　　（職）　　　　　　　（屋）
　　　始皇區區求不得，坐令神奸窺邑屋。

〈題山谷寺石牛洞泉穴〉亦同：

　　　　（質）　　　　　　（微）　　　　　（得）
　　　冰泠泠而北出，山靡靡以旁圍。欲窮源而不得，
　　（微）
　　　竟悵望以空歸。

各聯落句句腳押平聲微韻，出句句腳入聲質通韻。

　　即使在律體當中，也不難找到用險韻的例子。如〈讀鎮南邸報癸末四月作〉：

　　　　　　　　（鹽）
　　　賜詔寬言路，登賢壯陛廉。相期正在治，素定不煩占。
　　　眾喜夔龍盛，予虞絳灌憸。太平詎可致，天眞慎猜嫌。

全首押平聲鹽韻。「憸」，不正也，即是險僻字。又如〈送鄆州知府宋諫議〉，是一首五言排律，也是押鹽韻。整首風格嚴整，是王安石九首五排中，最爲刻意求工之作。其中「進律朝章舊，疏恩物議僉」的「僉」字，在詩中和「曾」、「皆」一般，可用在句末，受到特別的通融。「物議僉」就是「物議僉同」的意思。主要是僉這個字所屬的是窄韻險韻。〈送江寧彭給事赴闕〉是一首七言排律，在長達三十二韻的篇幅裡，祇押覃韻，可見其才力。此外，王安石詩集中還有〈讀眉山集次韻雪詩〉五首，與〈讀眉山集愛其雪詩能用韻復次韻〉一首，總共爲六首，韻腳都是押麻韻鴉、車、花、家、叉字。黃徹《䂬溪詩話》：

　　　臨川愛眉山〈雪詩〉能用韻，有云：「冰下寒魚漸可叉。」
　　　又：「羔袖龍鍾手獨叉。」蓋子厚嘗有：「江魚或共叉。」
　　　又云：「入郡腰常折，逢人手盡叉。」

「羔袖龍鍾手獨叉」之句，眞寫出大雪天寒，人們爲了禦寒，穿著笨重的羔裘，在雪地裡行動遲緩不便的情形。

（二）用冷僻字彙

用冷僻字彙的情形，在王安石詩集裡偶然可以找到一些，但並不普遍，如〈同王濬賢良賦龜得升字〉、〈寄曾子固〉、〈和平甫舟中望九華山四十韻〉及〈重和〉二首、〈同前韻戲贈葉致遠直講〉、〈汝瘦和王仲儀〉等數首，比較爲多見。主要目的是在展示作者的博學方聞，另外，趁韻也是重要的原因之一。姑舉若干例句於左：

　　冀巉雕捷嶪。（〈遊土山示蔡天啓秘校〉）

　　此土方戺嶪。（同上）

　　始見纇欺魌。（〈再用前韻寄蔡天啓〉）

　　反嗤袘襗子。（〈用前韻戲贈葉致遠直講〉）

　　膈脬聲出堞。（同上）

　　若不汝夒戝。（車載板二首）其二）

　　深尋畏魚湙。（〈秋夜泛舟〉）

　　欲替鼇負三嶻嶒。（〈同王濬賢良賦龜得升字〉）

　　以組系首軱穿繩。（同上）

　　兩夫鼜屭苦不勝。（同上）

　　枭獺誰復知殊稱。（同上）

　　上下隨煙何慘慘。（〈酬王濬賢良松泉〉第二首）

　　爐爐夏秋百泉乾。（同上）

　　想當槃礴欲畫時。（〈虎圖〉）

　　銀盤臂臇嶤與鮮。（〈北客置酒〉）

　　醨醙喧呼坐滿床。（〈送程公闢之豫章〉）

　　觴醆笑語傾如筵。（〈和微之登高齋〉）

雪濕不敢燃薪齽。(〈和董伯懿詠裴晉公平淮西將佐題名〉)

疆土豈得無離佽。(同上)

一矢不試塵蒙韃。(同上)

淮洲奏鐘藝。(〈用王微之韻和酬即事書懷〉)

獸蛇凋毒蠹。(〈送李宣叔倅漳州〉)

又勝櫨梨酢。(同上)

名字久刉磕。(〈韓持國從富并州辟〉)

落日謝噂嗒。(同上)

自鏡亦正如蒙傲。(〈和貢父燕集作〉)

冬箸沙際來。(〈飯祈澤寺〉)

略彴桑間斷。(同上)

精神去疊疊。(〈和平甫舟中望九華山四十韻〉)

露坐引衣襏。(〈重和〉)

嶋巢嵩與泰。(〈寄曾子固〉)

似不讓塵壒。(同上)

凶禍費禳禬。(同上)

德澤盛注濊。(同上)

萬羽來翩翩。(同上)

扁鵲名醫癉。(同上)

中夜淚霧霈。(同上)

高眺發蒙眜。(同上)

披披發毽氀。(同上)

驚麏出馬前。(〈自州追送朱氏女弟宿木瘤僧舍明日度長安嶺至皖口〉)

鞴風餘吹山木拔。(〈九鼎〉)

棠陰置石雙崝嶸。(〈杭州修廣師法喜堂〉)

構誣來讟讟。(〈答曾子固南豐道中所寄〉)

浮塵坌並緇人衣。(〈憶昨詩示諸外弟〉)

淮沂無山四封庳。(同上)

或如鳥粻滿。(〈汝癭和王仲儀〉)

或如猿嗛並。(同上)

臚脤常柱頤。(同上)

衒行安及脛。(同上)

膨脖側元首。(同上)

鼓歌斿篠聽疑夢。(〈張侍郎示東府新居詩因而和酬二首〉其二)

虯髯叱黑蠡鬖鬖。(〈送江寧彭給事赴闕〉)

班春回紺幰。(〈送鄞州知府宋諫議〉)

問俗卷彤襜。(同上)

五、好搬用典故

　　凡引證歷史中事實及前人言語入文的,都稱為典故。前者是用事,後者是用詞。據張仁青《六朝唯美文學》第三章言,徵引故實有四個優點:(1)可以減少文字上的累贅。(2)為議論找根據。(3)便於比況和寄託。(4)用以充足文氣。除此四點以外,如果用在律詩中聯,還有增加詩高華瑋麗的風致的作用。但是,詩所貴乎用典的,並不是堆砌餖飣,故尋僻奧,而在神運筆融,親切不隔。如果不問切是不一切,徒然臚陳卷軸,自矜淹雅,好像測驗學問的謎題,則翻不如

「羌無故實」之自高了。王安石詩中用典之處甚多，姑舉數例，以見一斑，其餘留待後文再發揮。

王安石用典，多能與題旨相關，而且愈是醜陋乖俗的題材，愈見用典貼切博雅。如〈汝瘻和王仲儀〉一首：

> 汝水出山險，汝民多病瘻。或如鳥粮滿，或若猿噪並。女慚高掩襟，男大闊裁領。飲水疑注壺，吐詞侔有梗。樗里既已聞，杜預亦不幸。秦人號智囊，吳瓠掛狗頸。膕腞常柱頤，伶行安及脛。祇欲仰問天，無由俯窺井。挾帶歲月深，冒犯風霜冷。厭惡雖自知，剖割且誰肯。不惟羞把鏡，仍亦愁弔影。內療煩羊屬，外砭廢針穎。

這一段描寫汝民染患頸腫病普遍而又嚴重的情形，並舉出史上樗里疾、杜預兩名患者爲例，所謂「秦人號智囊，吳瓠掛狗頸。」並盼仲儀至汝，能加以防治。全詩滑稽善謔。又如〈和王樂道烘蝨〉：

> 然臍郿塢患溢世，焚寶鹿臺身易貨。家中燎入化秦屍，池上燉隨遷莽坐。彼皆勢極就埋埃，況汝命輕侔涕唾。逃藏敗絮尚欲索，埋沒死灰誰復課。

詩末，借蝨蟣以喻利慾薰心之人，如董卓、商紂、秦皇、王莽等，有除惡務盡之意。又如〈同王濬賢良賦龜得升字〉：

> 昔人寶龜謂神物，奉事枯骨尤競競。殘民滅國遞爭奪，有此乃敢司靈烝。於時睹甲別貴賤，太卜藏法傳昆仍。豈知元君須見夢，初如歡喜得未曾。

寫古代神龜受到人們重視，像宋元君夜半有神龜托夢，說被名爲余且的漁夫捕去，及醒，命人獻上，因爲從未見過直徑五尺的大龜，因此興奮不已，典出《莊子·外物篇》。同詩：

> 諒能學此眞壽類，世論妄以蟲疑冰。

用《莊子·秋水篇》「夏蟲不可以語冰」的典故。意思是：「如果學會龜呼吸的方法眞能得到長壽，那麼世人說夏蟲不可以語冰，就成爲一種錯誤的說法了。」都用的很自然。又如〈和吳仲庶出守潭州〉：

> 自古楚有材，鄢灄多美酒。不知尊前客，更得賈生否。

按李壁〈注〉:「誼先爲河南吳公客,後謫長沙,今公言尊前客,又施之吳姓,用事精切如此。」誠是。又如〈賦棗〉,典故最爲繁多:

> 種桃昔所傳,種棗子所欲。在實爲美果,論材又良木。餘甘入鄰家,尚得饞婦逐。況余秋盤中,快噉取饜足。風包墮朱繒,日顆皺紅玉。贄享古已然,幽詩自宜錄。緬懷青齊間,萬樹陰平陸。誰云食之昏,詎知乃成俗。廣庭觴聖壽,以此參肴蔌。願此赤心投,皇明儻予燭。

內容寫棗木爲良木,棗實爲美果,皇帝以棗宴群臣,臣下願報之以赤心。整首詩共用五個典故:(1)《王吉傳》:東家有大棗樹垂吉庭中,吉婦取棗以啖吉,吉後知之,乃去婦。(2)《左傳》:女贄不過榛栗棗脩以告虔。(3)《詩經·豳風·七月》:八月剝棗。(4)范蔚宗《香譜》:棗膏昏鈍。(5)梁蕭琛嘗侍宴醉伏,上以棗投琛,琛乃取栗擲上中面。中丞在席,帝動色曰:此中有人,不得如此。琛曰:陛下投臣以赤心,臣敢報之以戰栗。以上見李壁〈注〉,典故豐富了詩的內容,不覺牽強。

律詩用典,可以〈次韻酬朱昌叔〉第一首第五首爲例:

> 未愛京師傳谷口,但知鄉里勝壺頭。
> 名譽子眞矜谷口,事功新息困壺頭。

以「谷口」、「壺頭」裁對。據《石林詩話》卷上載:「(王安石)嘗與葉致遠諸人和頭字韻詩,往反數四,其末篇有云:『名譽子眞矜谷口,事功新息困壺頭。』以谷口對壺頭,其精切如此。後數日復取本追改云:『豈愛京師傳谷口,但知鄉里勝壺頭。』至今集中兩本並存。」則後聯作於前,前聯爲日後追改。後聯謂鄭樸耕於谷口巖下,卻名滿京師;而新息侯馬援雖有事功,卻困守在壺頭。自況晚景困阨,語較憤激。前聯謂鄭樸躬耕於谷口,雖然名震京師,卻並不欣賞;祇知道馬援困守壺頭時,臥念從弟少游「生生一世……鄉里稱善斯可矣。」的一番話,以爲何可復得!王安石是由於功業未成退隱,轉念當年未能留在鄉里,心中交織無限的悔恨!《詩人玉屑》卷十七:「詩到義山,謂之文章一厄,以其用事僻澀,時稱西崑體。然荊公晚年,亦或

喜之，而字字有根蒂。……『未愛京師傳谷口，但知鄉里勝壺頭』，
其用事琢句，前輩當無相犯者。」改本確實較佳。〈窺園〉：

　　杖策窺園日數巡，攀花弄草興常新。

　　董生只被《公羊》惑，肯信捐書一語眞。

詩意爲：「我每天都拄著手杖到園子裡去好幾回，摘花弄草，總感受
到各種不同的興味。董仲舒少年治《春秋公羊傳》，下帷講誦，三年
都不曾到園裡去，他完全被《公羊傳》所迷惑，哪肯相信拋開書本這
句話是眞有道理呢？」反用典故，表示自己不是終日死抱書本而不識
時務，大概是針對反對新法一派人而發。《苕溪漁隱叢話》後集卷二
十五引《蔡寬夫詩話》：「荊公嘗云，詩家病使事太多，蓋皆取其與題
合者類之，如此乃是編事，雖工何益！若能自出己意，借事以相發明，
情態畢出，則用事雖多，亦何所妨。故公詩如『董生只被《公羊》惑，
豈肯捐書一語眞』；『桔槔俯仰何妨事，抱甕區區老此身』之類，皆意
與本處不類，此眞所謂使事也。」其餘「夢蝶」、「邯鄲」、「黃梁」、「白
雞」、「求田問舍」等典故，屢屢用之。

　　另有一種是將詩文的句子直接引用入詩的例子，如：

　　永懷少陵詩，菱葉淨如拭。(〈彎碕〉。按：杜甫〈渼陂行〉，有「菱
　　葉荷花淨如拭」之句。)

　　地偏人罕至，心遠境常寂。(〈次韻約之謝惠詩〉。按：陶淵明〈飲
　　酒詩〉，有「結廬在人境，而無車馬喧。問君何能爾？心遠地自偏」
　　之句。)

　　昔人寧飲建業水，共道不食武昌魚。公來建業每如此，亦
　　復不厭武昌居。(〈寄鄂州張使君〉。按：《吳志‧陸凱傳》有「寧
　　飲建業水，不食武昌魚；寧還建業死，不就武昌居。」之句)

　　古詩鳥鳴山更幽，我念不若鳴聲收。(〈老樹〉。按：宋王籍詩
　　有「蟬噪林逾靜，鳥鳴山更幽。」之句)

　　少時已感韓子詩，東西南北俱欲往。(〈寄孫正之〉。按：韓愈
　　〈感春詩〉有「東西南北皆欲往，千江隔兮萬山阻」之句。)

　　雲尚無心能出岫，不應君更懶於雲。(〈招楊德逢〉。按：陶淵

明〈歸去來辭〉有「雲無心以出岫，鳥倦飛而知還」之句。）

愛君古錦囊中句，解道今秋似去秋。(〈次韻張仲通水軒〉。按：

李賀詩有「獨睡南窗月，今秋似去秋」之句。）

典故用多，不免有疏漏，有瑕疵，〈題徐熙花〉：

安知有人槃礴臝。

按「槃礴臝」之「臝」，同腂，爲贅字。〈聞望之解舟〉：

脩門歸有期，京水非汨羅。

劉辰翁詳：「以爲解舟之贈，甚非佳語。」誠是。

由前文所分析王安石詩的幾個特色看來，王安石詩沾染「以文字爲詩，以才學爲詩，以議論爲詩」的習氣，透露出淺露險崛、豪放雄奇的氣象，與蘇、黃所本的歐陽脩乃來自同一淵源，是絲毫不容置疑的。再參看錢鍾書《談藝錄》，引證蒐詳，有憑有據。茲節錄如下：（例繁皆省）

> 荊公詩語之自昌黎沾丐者，不知凡幾，豈特〈雪詩〉而已。譬如……然此皆不過偷語、偷意，更有若皎然〈詩式〉所謂偷勢者。如……荊公五七言古善用語助，有以文爲詩、渾灝古茂之致，此秘尤得昌黎之傳。按詩……往往使語助，以添迤邐之概，而極其觀。……荊公用而我字無不佳，如……觀此諸例，即師唱誰家曲，宗風嗣阿誰，斷可識矣。

既然如此，自然有別於黃庭堅所謂「雅麗精絕」的作風了。

王安石早年詩多以筋骨思理見勝，多刻露見心思，從議論說理的內容，和比況寄託的方式看來，確實有此傾向。這與早年所持積極用世的人生觀，以及載道實用的創作觀有絕大的關連性。是以理性的意念的表達，多於情感的心緒的抒發。不過，歌吐窮愁表現哀感之作並非沒有。試看〈葛溪驛〉一首，估計作於皇祐二年，自臨川遊錢塘，順道往蘇州之時：

> 缺月昏昏漏未央，一燈明滅照秋床。病身最覺風露早，歸夢不知山水長。坐感歲時歌慷慨，起看天地色淒涼。鳴蟬更亂行人耳，正抱疏桐葉半黃。

詩意爲：「殘月昏黃，漏聲不斷，只有盞燈火一明一滅地照在床上。生病身體虛弱的人最容易感受到初秋清晨霜露所帶來的寒意。在睡夢裡我曾返回家鄉，不知道越過多少座山？多少條水？我呆坐著感慨時局，不禁慷慨悲歌起來。起來一看，天地是一片慘澹淒涼。蟬聲不住地在耳畔吵嚷著，更擾亂了我這個遊子的心緒。而它卻正棲息在一棵葉子已經稀疏了半黃的梧桐樹上呢！」首聯和頷聯表現客居異地的遊子，尤其在病中，對家鄉一種特別深沈的思念。夜裡無眠，只在半睡半醒中度過。頸聯裡對國家當時的情勢表示憂心不已。末聯上句寫心思煩亂，隱然指出朝廷召試不赴謠言紛起的事。末句以景作收，似將國勢象徵爲一棵在秋風中飄搖零落的梧桐，意謂眾人本應共體時艱，和衷共濟，偏有人不顧念大局，還不斷造謠生非，心情十分沈痛。全詩情景交融，涵義豐富，而中間兩聯對仗工整。高步瀛《唐宋詩舉要》卷六引清紀昀之語：「老健深穩，意境殊自不凡。三四細膩，後四句神力圓足。」只是如此情感深摯的作品，並未多加發揮，主要是哀感的情調，影響國家氣運，對國內政治、文學都要求改革之際，有所不利；而且也容易消磨個人的雄心壯志。《臨川集》卷七十七〈與孫侔書〉：「……人情處此，豈能無愁，但當以理遣之，無自苦也。」〈離北山寄平甫〉：「少年憂患傷豪氣。」因此抒情作品較唐人爲少見，也往往不爲一般學者所重視。另有〈示長安君〉一首：

> 少年離別意非輕，老去相逢亦愴情。草草杯盤供笑語，昏
> 昏燈火話平生。自憐湖海三年隔，又作塵沙萬里行。欲問
> 後期何日是，寄書應見雁南征。

詩意爲：「年輕時和你離別，覺得難分難捨，如今老了和你相逢，還是有些傷感。杯盤裡盛著淡酒小菜，我們一邊吃一邊談笑，就在昏黃的燈火下，暢敘別來的經歷。令我難過的是，在闊別多年之後，如今又將冒著風沙，前往萬里之外的遼國！你想問我見面的日期是在那一天？寄信回來時應該是北雁南飛的季節了。」這首是王安石奉使遼前所作。周錫韍《王安石詩選注》：「以淡語寫深情，最見出大家手筆。」

「（頷聯）兩句語極淺而情極深，令人低迴無限。」前一首寫的是家國鄉里之思，本首是手足之情，都很深刻。又〈春風〉一首，作於嘉祐五年：

> 一馬春風北首燕，卻疑身得舊山川。陽浮樹外滄江水，塵漲原頭野火煙。日借嫩黃初著柳，雨催新綠稍歸田。回頭不見辛夷發，始覺看花是去年。

詩意為：「一個人騎著馬在春風中向北方的燕地進發，卻懷疑置身在舊有的山河之中。春天的暖風吹過樹林邊的江面上，草原上燃著野火，塵土飛揚，煙霧蔽空。太陽剛借了嫩黃的顏色，點染在柳樹梢頭，春雨催促著新綠，也漸漸地回到田疇。回頭看不見辛夷樹開花，才意識到看花已是去年的事了。」王安石嘉祐三年在江東提刑卸任後，曾自鄱陽歸臨川，次年才入京。這首詩是由眼中熟悉的景色，觸動對家鄉河山的繫念之情。日借一聯中運用擬人手法，將難寫之景描繪呈現如在眼前，極為工巧。結語也很富有情致。晚年詩多沿此一作法脫化而成。差別僅在：手法上更趨自然真樸；心境上，有一種由絢爛歸乎平淡後的舒閑容與、深婉不迫。再舉〈次韻平甫金山會宿寄親友〉為例：

> 天末海門橫北固，煙中沙岸似西興。已無船舫猶聞笛，遠有樓臺衹見燈。山月入松金破碎，江風吹水雪崩騰。飄然欲作乘桴計，一到扶桑恨未能。

詩意為：「遠遠的天邊有座北固山橫亙著，好像是大海的門戶。在晚煙籠罩下的沙岸，宛如西興一般。附近看不清船隻的身影，猶然可聽見悠揚的笛聲。遠處有座樓臺高高聳立在黑暗之中，卻只見燈火在閃爍著。月色照射在山間的松林，篩下點點的金光，晚風掠過江面，激起雪白洶湧的浪濤。此情此景，忽然令我興起了乘船出海前往扶桑的念頭，只遺憾那是不可能的啊！」王安石終是王安石，他熱衷功名，有用世之意，不似李白「人生在世不稱意，明朝散髮弄扁舟」那種放縱情感的瀟灑，即使末聯偶然興起遠離江湖飄然赴海的想法，隨即打斷，回歸理智。全首描繪金山夜景，章法井然，意境清幽。頷聯十四

字中，包含了有無、遠近、晦明、聲光種種的對比，既工緻又優美。
有一點值得注意，王安石將頷聯出句的「已無」對落句的「遠有」，
夜意更動緊湊緻密的對仗，目的是在整齊中寓有不整齊，在端莊之中
雜以流麗婀娜，也是散文化的一個明顯例子。此外，如〈江亭晚眺〉、
〈壬辰寒食〉、〈宿雨〉、〈落星寺〉、〈除夜寄舍弟〉、〈別鄞女〉、〈省中〉
二首、〈過外弟飲〉等，都屬於早期抒情的佳作。晚年延續這種「以
丰神情韻為主」的唐人風格，才在眾流中樹立起個人的風格特色。

　　王安石大部份早期的律體，仍是實用的載道的創作觀之產物，俊
語名言特別多。如〈金陵懷古〉四首其一：

> 霸祖孤身取二江，子孫多以百城降。豪華盡出成功後，逸
> 樂安知與禍雙？東府舊基留佛剎，後庭餘唱落船窗。〈黍離〉
> 〈麥秀〉從來事，且置興亡近酒缸。

詩意為：「在金陵開國創業的霸主，往往憑藉個人的才幹取得江南一
帶大片的江山，然而子孫不肖，多因落敗投降而將所有城市拱手讓與
敵人。豪華奢侈的生活總是在功業有成之後才能享有，可是酣醉於安
樂荒淫的日子時，那裡料到亡國的災禍將隨之而起？東府城的舊址現
在只留下一座佛寺，〈玉樹後庭花〉的曲子仍然在歌樓酒坊裡傳唱著，
餘音嫋嫋，飄送到來往客船的窗口。傷悼亡國的詩歌好比〈黍離〉、〈麥
秀〉之類，自古以來便已經有了。姑且還是將興亡盛衰的感慨擱置一
邊，舉酒痛飲吧！」此首大約作於治平年間，寄寓貪圖逸樂而沒有憂
患意識，是國家自取敗亡的歷史教訓，語重而心長。首聯原沒有偶對
的必要，但在錯縱變化之中，仍然使用似對非對的字眼。頷聯警策，
用的又寬對，都是寓散文語法於整齊句律之中的作法。體裁是律詩，
古詩的意味卻很濃厚。又如〈詳定試卷〉二首其一：

> 童子常誇作賦工，暮年羞悔有揚雄。當時賜帛倡優等，今
> 日論才將相中。細甚客卿因筆墨，卑於〈爾雅〉注魚蟲。
> 漢家故事真當改，新詠知君勝弱翁。

詩意為：「年輕時常常誇耀自己辭賦作得好，到了晚年卻為此感到羞

愧後悔不已的,是漢朝的揚雄。當時辭賦家得到皇帝絲帛織品的賞賜,地位其實和倡優差不多,如今卻要從中選拔將相的人材。這些應試的詩賦,比揚雄寫的〈長楊賦〉更微不足道,比起〈爾雅〉注釋草木蟲魚,還要瑣屑,沒有用途。漢朝以來以詩賦取士的舊制度真該改革,讀了你的新詩,覺得你的見解遠比魏相要高明呢!」整首用文學的形式,批評宋朝詩賦取士制度的不當,頷聯沈著痛快,頸聯則精工中透露險崛。再看〈奉酬永叔見贈〉:

> 欲傳道義心雖壯,強學文章力已窮。他日若能窺孟子,終身何敢望韓公。摳衣最出諸生後,倒屣常傾廣坐中。祇恐虛名因此得,嘉篇爲貺豈宜蒙。

詩意爲:「我雖想努力學好文章,傳播道義,但可惜心有餘而力不足。我以孟子、韓愈爲學習的榜樣,希望將來或許能趕上他們的成就,但恐怕終生只是妄想。論文學,我只能算是你弟子當中最末一名;但你卻常在稠人廣坐中給我過份的獎勉。只怕由此會使我得到不應有的虛名,你佳美的贈詩我委實不敢當。」此首寫於仁宗嘉祐元年,爲酬答歐陽脩贈詩而作。周錫馥《王安石詩選注》:「按心雖壯、力已窮,均兼指傳道義與學文章而言,這叫互文見義。」是非常精到的解釋。又:「按此詩首聯對偶,前四句一氣盤旋,從容議論,是宋詩特有的風格之一,由王安石開其端,江西派把它發揚光大。清末同光體詩人特別喜歡模倣這種傲兀的詩風。惜此詩尾聯稍弱,缺乏含蓄,與前六句顯得不夠相稱。」類似的作品還有〈張侍郎示東府新居詩因而和酬〉、〈次韻元厚之平戎慶捷〉、〈次韻登微之高齋有感〉、〈李璋下第〉、〈西帥〉等。其餘述志或抒情淺露的作品,都包括在內。這些詩可看成早期與晚年之間過渡期的作品,轉變不明顯,卻並非無跡可尋,它往往爲人所忽略。這段過渡時期,早從舒州通判之前即已開始,後在京任群牧判官、知制誥、翰林學士、參知政事,以至同平章事等,逐漸醞釀成熟。宋趙與時《賓退錄》卷六引孫仲益之言:「荊公詩至知制誥乃盡善,歸蔣山乃造精絕。」由於廟

堂文學自來便崇尚典雅雍穆的風格，無形使王安石在律體方面的創作也逐漸豐富起來，尤其是形式最為平穩對稱的七律。王安石是反對崑體，而支持歐陽修文學改革運動的立場，律體在他筆下，自然也起了變化。以「氣格達意」為主，崇尚雄直勁健的結果，便是在端嚴修整的格律中，參入疏爽曠達或是雄偉峻峭的格調。這對蘇、黃都起了很大的影響。然而只要是創作觀繼續維持不變，心境上沒有轉化，藝術技術縱然磨練的多高明多熟巧，仍無法創造出「精深華妙」的詩的境界！

第二節　晚年的風格及代表作

王安石最擅長的是律詩和絕句。總計王安石一千五百七十八首作品中，絕句占五百九十二首，律詩占五百四十七首，均較古詩為多。佔計律詩和絕句的總合，較古風四百三十九首，高出二倍之多。足見王安石確曾對律絕兩種體裁下過一番很深的功夫。尤其是絕句。曾季貍、楊萬里、嚴羽、方虛谷都曾加以推崇。《艇齋詩話》：

> 絕句之妙，唐則杜牧之，本朝則荊公，此二人而已。

《誠齋詩話》：

> 五七字絕句最少而最難工，雖作者亦難得四句全好者，晚唐人與介甫最工於此。

《滄浪詩話》：

> 五言絕句，眾唐人是一樣，少陵是一樣，韓退之是一樣，王荊公是一樣，本朝諸公是一樣。

又云：

> 公絕句最高，其得意處，高出蘇黃陳之上。

《羅壽可詩序》：

> 王半山備眾體，精絕句，五言或三謝。

皆以絕句工妙而備受讚賞，甚至以為風格獨樹一幟，可與唐代杜甫、韓愈諸大家並列。

一、精深華妙

　　王安石的絕句，特別是晚年之作，可說達到爐火純青，精美絕倫的地步。許顗《彥周詩話》：「東坡海南詩、荊公鍾山詩，超邁絕倫，能追逐李杜陶謝。」其風格特徵，除張舜民所評「如空中之音，相中之色，人皆聞見，難可著摸」，以及黃庭堅所評「暮年作小詩雅麗精絕，脫去流俗，每諷味之，便覺沉灊生牙頰間」、葉夢得所評「晚年始盡深婉不迫之趣」之外，宋佚名之《漫叟詩話》也有精闢之批評：

　　　　荊公定林後，精深華妙，非少作之比。(見郭紹虞《宋詩話輯
　　　　佚》)

熙寧新法儘管使得王安石成為眾矢之的，怨謗之府，天下幾乎沒有多少人能瞭解他經國濟民的弘願；但提到王安石暮年的小詩，詩家卻是眾口一辭稱道不置的。鄭師因百針對《漫叟詩話》所評「精深華妙」四字，曾作過進一步的詮釋。《景午叢編·上編·謝安石的夢與王安石的詩》一文：「其所以如此，則是因為具有深厚的情感，與高華的氣度。若僅是一個曾居高位的政治家，則只能高華而未必深厚；若是尋常沒有甚麼地位的人，則或能深厚而未必高華。只有王安石以不平凡的宰相而兼不平凡的詩人，才能如此精深華妙。」

　　在王安石的律絕當中，寫景抒情，往往流露出一種優遊不迫的閑適意態，最難能可貴的是，在沖澹平夷之中，寓有一個雄心政治家失敗以後的悲涼孤迴。明吳之振《宋詩鈔·臨川集小序》即已提出：

　　　　論者謂其有工致而無悲壯，讀之久則令人筆拘而格退。余
　　　　以為不然。安石遣情世外，其悲壯即寓閒澹之中。

這使詩中的閒澹，既不同於陶淵明，也不同於謝靈運。表現出繁華落盡的冷澈淡泊之美，一種世情勘透的知性反省之美。誠如鄭師因百所言，是不平凡的宰相兼不平凡的詩人，才能蘊蓄的高華與深厚內斂。完全是晚年生活的景況和心境的寫照。以下五七言絕句律詩，各舉若干代表作，從而瞭解特色為何？五言絕句如〈南浦〉：

　　　　南浦隨花去，迴舟路已迷。暗香無覓處，日落畫橋西。

詩意爲：「我乘著小舟沿著南浦賞花去，將船身掉轉一個方向，竟然迷了路。散發著幽香的花朵已經無處尋覓，而太陽此時正向畫橋的西邊冉冉的落下。」全詩文字粹美，充滿詩情畫意，不僅含有李商隱「夕陽無限好」對夕陽晚景的讚歎，更達到王維「行到水窮處，坐看雲起時」無適不可、無入而不自得的意境。過去兩度爲相，忙於政事，沒有閒暇也沒有心情優遊山水，賞花觀日，如今罷相失勢，也算是人生一段難得的清閒時刻吧！陳衍《石遺室詩話》引鄭孝胥說：「（此）二十字，爲與神宗遇合不終感寓之作。」確爲有見。如〈山中〉：

> 隨月出山去，尋雲相伴歸。春晨花上露，芳氣著人衣。

詩意爲：「夜晚我踏著月色走出山去，清晨才和白雲一起結伴歸來。春天早晨花上的露水還夾帶著芬芳的氣息，沾染到我的衣裳。」王安石晚年深畏世語，時時藉著遊山玩水紓解心中的憂煩，他與大自然的雲、月、鳥、魚爲友，生活幽靜而閒適。此詩形容從山中歸來，猶帶著一身的花香，非常溫馨，非世俗構誣訕謗交相指責所能比擬！如〈午睡〉：

> 簷日陰陰轉，床風細細吹。倏然殘年夢，何許一黃鸝！

詩意爲：「屋簷下的日影緩緩移動著，床榻上微風柔柔地吹來，午後夢中忽然驚醒，無法再接續那未完結的夢境，都要怪那隻黃鸝鳥哪！」寫好夢方酣，爲黃鸝啼聲喚醒，心甚怨之，然也無可如之何的心情，十分傳神！與金緒昌〈春怨〉：「打起黃鶯兒，莫教枝上啼，啼時驚妾夢，不得到遼西。」同一機軸，皆含蓄一種駘蕩的風致，令人想像。如〈春晴〉：

> 新春十日雨，雨晴門始開。靜看蒼笞紋，莫上人衣來。

詩意爲：「開春以來連下了十天的雨，如今雨停了，天氣放晴，才將屋門打開。我靜靜地注視著蒼笞勃發滋長，警告它，莫要攀上衣裳來！」楊慎《升菴詩話》：「王維〈書事詩〉：『輕陰閣小雨，深院晝慵開。坐看蒼苔色，欲上人衣來。』洪覺範《天廚禁臠》：『此詩含不盡之意，子由所謂不帶聲色者也。王半山亦有絕句，詩意頗相類。』」王安石長年忍詬受辱，罷相退隱猶未能止息，心中佗傺不平之氣，似

欲藉此詩向世人表明。又如〈題舫子〉：

　　愛此江邊好，留連至日斜。眠分黃犢草，坐占白鷗沙。

詩意為：「我愛這江邊的美麗，一直留連徘徊到傍晚日落時分。我和黃牛一同躺在草地上歇息，也坐在白鷗棲息的沙灘上。」輕描淡寫出江邊黃牛白鷗的平和安祥，與世無爭，王安石的心情可見。後面兩句鍛句精鍊，《苕溪漁隱叢話》：「盧仝〈山中絕句〉云：『陽坡草軟厚如織，因與鹿麛相伴眠。』王介甫只用五字道盡此兩句。詩云：『眠分黃犢草』，豈不簡而妙乎？」如〈池上看金沙花數枝過酴醾架盛開〉：

　　故作酴醾架，金沙祇漫栽。似矜顏色好，飛度雪前開。

詩意為：「我特意為酴醾花搭建一個架子，金沙花祇是隨意地種下。金沙花似乎要炫耀它顏色的鮮紅美麗，便伸到雪白的酴醾花前爛漫開放。」王安石喜愛蒔花種樹，〈彎碕〉：「伐翳作清曠，培芳衛岑寂。」不外是排遣心情。李壁〈注〉引《高齋詩話》：「公薦進一二寒士位侍從，初無意於大用，公去位後，遂參政柄，因此詩寄意。」王安石晚年小詩多寄意遙深，《高齋詩話》所言，應不是穿鑿附會。如〈題齊安驛〉：

　　日淨山如染，風暄草欲薰。梅殘數點雪，麥漲一川雲。

詩意為：「明淨的陽光照耀下，山色青翠的好似漂染過一般，和暖的春風吹拂而過，帶來了陣陣的草香。只剩下幾朵梅花，像殘雪似的點綴在枝頭，而麥苗已蓬勃生長，像雲彩覆蓋著平川。」王安石晚年多病，再加上心靈的創痛，對人生已了無生意，特別容易為大自然呈現蓬勃的生機所感動。這首描寫冬盡春來，冰雪融化，麥苗滋長的景象，正是大地生生不息的一種表徵。這與謝靈運病初癒後，偶見季節更替，感動不已，寫下「池塘生春草」的句子，情形有些相似。又如〈染雲〉：

　　染雲為柳葉，剪水作梨花。不是春風巧，何緣有歲華！

詩意為：「碧綠的柳葉，像是用雲彩漂染似的；潔白的梨花，像是用清水裁剪而成的。若不是春風擁有一雙巧手，那會呈現這般清新優美的景色呢！」將春風擬人化，旨在頌讚大自然巧手的傑作。並以雲的青綠，水的清澈潔淨，來形容梨花和柳色，新穎而饒富巧思。全詩蘊

含一種清靈之美。

　　五絕多運用白描，在悠閒沖澹的意趣中含有些許不平的情緒，而七絕就比較顯刻鏤的痕跡，也比較將悲涼孤迴的情懷寫的躍然紙上。如〈出郊〉：

　　　　川原一片綠交加，深樹冥冥不見花。風日有情無處著，初回光景到桑麻。

詩意爲：「流水穿過的原野交織著一片的青綠，濃密的樹叢裡陰暗的看不見任何花朵，和風麗日雖然充滿著情意，也無處投射，只有將光彩熱力傾注到桑麻上。」後兩句景中寓情。鄭師因百《景午叢編·上編·詩人的寂寞》：「這裏所寫的是從顯赫到冷落，從紛擾到沈寂，也就是他自己罷相閒居時的寫照。他這時失掉權勢，無可施爲。從前政務繁忙，想到郊外與田父野老共話桑麻，都沒那種機會；現在則寂無餘事，葛巾野服，以策杖行田爲消遣了。這不就是千紅萬紫過去以後的『風日有情無處著，初回光景到桑麻』麼？」眞是風致嫣然，蘊意深厚。〈寄蔡天啓〉：

　　　　杖藜綠塹復穿橋，誰與高秋共寂寥。佇立東岡一搔首，冷雲衰草暮迢迢。

詩意爲：「我拄著手杖沿溝渠走去，然後又穿過小橋，是誰和這高朗的秋天一同處在幽寂的境界裡？我佇立在東岡，搔著白髮，在陰冷的雲影下，枯黃的野草伸向無邊無際的暮色裏。」這是王安石刻劃叔寞心情最生動深刻的一首，若不是寂寞無事，絕沒那工夫緣塹穿橋、東岡佇立，望冷雲衰草而搔首踟躕。整首無論從設色、取景、人物摹神，以及意境風格的營造呈現，都是渾成自然，無懈可擊。李壁〈注〉：「劉賓客詩：『人道逢秋轉寂寥，我言秋日勝春朝。晴空一鶴排雲上，便引詩情到碧霄。』兩詩相似，亦相角也。余友楊方子直嘗哦公此詩以爲奇。」周錫馥《王安石詩選注》提出不同的看法：「按：兩詩情調並不一樣，劉詩意氣豪邁，格調昂揚；王詩則偏於表現一種超然的情趣。前者用暖色，而後者用冷色，較多反映了作者暮年的心境。」辨析極精。如〈北山〉：

> 北山輸綠漲橫陂，直塹回塘灩灩時。細數落花因坐久，緩
> 尋芳草得歸遲。

詩意為：「北山將一片綠意輸送到人們的眼前，澗水也漲滿了寬廣的池塘。筆直的溝渠和曲折的池塘也都碧波蕩漾著。我靜坐許久，不知不覺細數著落花；沿途我又慢慢地去找尋芳草的蹤跡，回到家時已經是很晚的時分了。」這是王安石最膾炙人口的一首作品，也是詩家品評最熱列的一首。宋吳开《優古堂詩話》：「前輩讀詩與作詩既多，則遣詞措意皆相緣以起，有不自知其然者。荊公晚年閒居詩云：『細數落花因坐久，緩尋芳草得歸遲』，蓋本於王摩詰『興闌啼鳥喚，坐久落花多』，而其辭意益工也。……荊公之詩，熟味之，可以見其閒適優游之意。」宋吳可《藏海詩話》：「細數落花，緩尋芳草，其語輕清；因坐久，得歸遲，則其語典重。以輕清配典重，所以不墮唐末人句法中，蓋唐末人詩輕佻耳。」李壁引《三山老人語錄》云：「歐公『靜愛竹時來野寺，獨尋春偶過溪橋』，與荊公細數落花詩聯皆狀閒適，而王為工。」歐陽脩以句法拗峭新奇取勝，而王安石則以意境深婉閑雅為尤高。此首與〈寄蔡天啓〉，一寫秋色荒寒，是妙手偶得，自然渾成之作；一寫春光明媚，卻成於艱辛的鍛鍊。二詩外境迥異，而內心其實相同！如〈南浦〉：

> 南浦東岡二月時，物華撩我有新詩。含風鴨綠粼粼起，弄
> 日鵝黃裊裊垂。

詩意為：「南浦和東岡一帶，在早春二月時分，那美麗的風光景致撩撥起我寫詩的興致。好比微風吹過碧綠的水面，泛起陣陣的漣漪。好比嫩黃的柳絲，在陽光照映下，彎著腰擺弄它婀娜的丰姿。」這是王安石生平得意之作，李壁：「公每自哦鴨綠鵝黃之句云：『此幾凌轢春物。』」魏泰《臨漢隱居詩話》：「元豐癸亥春，余謁王荊公於鍾山，因從容問公：『比作詩否？』公曰：『久不作矣。蓋賦詠之言，亦近口業，然近日復不能忍，亦時有之。』余曰：『近詩自何始，可得聞乎？』公笑而占一絕云：『南圃東岡二月時，物華撩我有新詩。含風鴨綠鱗鱗起，弄

日鵝黃嫋嫋垂。』此真佳作也。」讚嘆春水溶溶，楊柳依依，春日風
光的美好，蘊含無限的生機。「鴨綠」、「鵝黃」代指水、柳，乃是因顏
色近似而激發視覺的聯想。而「粼粼」、「裊裊」，則是藉疊字細膩形容
水柳的姿態，為王安石最擅長的手法運用。又如〈悟真院〉：

> 野水縱橫漱屋除，午窗殘夢鳥相呼。
>
> 春風日日吹香草，山南山北路欲無。

詩意為：「溪水縱橫交錯而流，不斷地沖激著屋前的臺階。午后夢殘
時，窗外的鳥聲又將我驚醒，似乎也在召喚我。春風一天天吹過芬芳
的野草，山北山南的小路都快要被茂盛的野草遮斷了。」寫大地春回，
在活水與鳥聲的熱情召喚下，感受了勃發滋長的生命氣息。全首採擬
人寫法，將春風、野水、鳥形容的生氣盎然，極富有情味。是完全不
假雕飾，而令人悠然神往的一首。如〈午枕〉：

> 午枕花前簟欲流，日催紅影上簾鉤。
>
> 窺人鳥喚悠颺夢，隔水山供宛轉愁。

詩意為：「午間就枕臥在花前，竹蓆猶如流水一般，特別涼爽。太陽
不斷地催促紅色的花影，移上窗簾。在簷前窺探的鳥兒，啼聲喚醒了
我和諧的夢境，而隔江的遠山又牽引起我千迴百轉的愁思。」窺人一
聯，《詩人玉屑》卷三譽為宋詩中的警句。內容寫夢境的甜美，及醒
後交織不斷的愁緒，這一愁字，極涵蓄有味。在意義上，使用的是上
三下四拗折的句法；在聲調上卻渾然不覺藏有變化。「悠颺」、「宛轉」
是雙聲疊韻相對，倍覺鍛鍊之高明。又如〈五更〉：

> 青燈隔幔映悠悠，小雨含煙凝不流。
>
> 祇聽蛩聲已無夢，五更桐葉強知秋。

詩意為：「一盞青燈隔著簾幔微弱的照映在床塌上，含著煙霧的細雨
凝結在空氣中。祇聽見蟬不住地叫著，喚醒了我的夢，完全打消了我
的睡意。五更時分，又聽見雨稀稀落落打在梧桐葉的聲響。」桐葉受
風作響，豈因知愁，純係個人愁緒移注於桐的緣故。「強知秋」三字，
有埋怨桐故作解人之意。寫濃的化不開的愁緒，無人瞭解，十分的委

婉。《誠齋詩話》以為此詩「不減唐人」。如〈初夏即事〉：

> 石梁茅屋有彎碕，流水濺濺度兩陂。
>
> 晴日暖風生麥氣，綠陰幽草勝花時。

詩意為：「有石橋、有茅屋還有曲折的河岸，流水也嘩啦啦的流經兩個池塘。每當天氣晴朗，暖風舒暢，田野間散發出陣陣的麥香。在濃綠的樹陰、清幽的草地上，景色比春天花朵盛開的季節更為美好！」王安石已完全沈浸在大自然的美景當中，享受繁華已過歸於平淡後的清閒美好。如〈題扇〉：

> 玉斧修成寶月團，月邊仍有女乘鸞。
>
> 青冥風露非人世，鬢亂釵橫特地寒。

詩意為：「仙人用玉斧修成天上團團的明月，月邊如今仍有一位仙女駕著鸞鳳。在言蒼穹，風涼露冷，全不似人世的光景，他鬢髮凌亂，頭釵傾斜，顯得特別的孤寒。」這首為團扇題詠的詩，是結合古代兩則神話而成：唐段成式《酉陽雜俎》：「鄭仁本與其中表遊山迷路，見一人枕山樸物而坐，因問之云：『君知月七寶合成乎？常有八萬二千戶修之，我其一也。』因開樸示之，有斤斧數事，玉屑飯兩裹，分遺鄭，曰：『食此可無疾。』」《列仙傳》上：「蕭史者，秦穆公時人，善吹蕭，能致孔雀白鶴於庭。穆公有女字弄玉，好之，公遂以女妻焉，日教弄玉作鳳鳴。居數年，吹似鳳聲，鳳凰來止其屋，公為作鳳臺。夫婦止其上，一旦皆隨鳳凰飛去。」與李商隱〈常娥〉：「雲母屏風燭影深，長河漸落曉星沈。嫦娥應悔偷靈藥，碧海青天夜夜心。」同樣藏鋒不露。然而李商隱所以孤單寂寞徹夜難眠，是出於深摯的情；王安石則是為了達到他的政治理想長久奔波後的失意落寞之感。洪覺範《天廚禁臠》：「讀之令人一唱而三嘆，譬如朱絃，疏越有遺音者也。」再如〈遊鍾山〉：

> 終日看山不厭山，買山終待老山間。
>
> 山花落盡山長在，山水空流山自閒。

詩意為：「我整天看著鍾山，一點也不覺得厭煩，我在山間買塊土地，

就打算終老於此間。山間的花朵隨著季節更替而凋謝，但是鍾山依舊長青。山澗裡的水不斷地流著，但是鍾山仍維持它一派的閑靜。」全詩不避重複字，山字每句都出現兩次。強調山字的作用，是表現不問世事後，再無奔競之心，心境宛如山一般安穩閑靜。頗與蘇軾「空山無人，水流花開」之超然無營近似。又如〈舒國公〉三首之二：

> 桐鄉山遠復川長，紫翠連城碧滿隍。
>
> 今日桐鄉誰愛我？當時我自愛桐鄉。

詩意為：「舒州的山巒綿延不斷，河川也很悠長，滿城裡都是濃密的樹木，城壕也碧波蕩漾。今日桐鄉還有誰懷念我呢？可是我當年確實熱愛著桐鄉啊！」此詩作於元豐元年五十八歲朝廷封為舒國公時。王安石早年曾經通判舒州，舒州對他而言，乃舊遊之地，此詩發抒對舒州深切的懷念。「今日桐鄉誰愛我」一句，道盡在樸實山城付出熱情與血汗努力後，卻未能博得當地人民懷念，胸中無限的悲酸與遺憾！第三首「開國桐鄉已白頭，國人誰復記前遊？故情但有吳塘水，轉向東江向我流。」寫塘水之有情，反襯鄉人之無情。

另錄數首五律七律的代表作。五律如〈歲晚〉：

> 月映林塘澹，風含笑語涼。俯窺憐綠淨，小立佇幽香。
>
> 攜幼尋新荇，扶衰坐野航。延緣久未已，歲晚惜流光。

詩意為：「淡淡的月色照映在林邊的池塘，微風中飄蕩著笑語聲，也送來陣陣的涼意。我低著頭看那碧綠清澈的池水，覺得十分可愛，又在風中站立一會，嗅著荷花淡淡的香氣。然後我帶著孩子去採摘鮮嫩的蓮子，而孩子則扶著我衰老的身體乘上停泊塘邊的小船。流連此情此景，令人久久不捨離去。人到晚年特別地珍惜時光啊！」王安石晚年特別思念女兒和孫子，從〈寄吳氏女子〉一首：「芰荷美華實，瀰漫爭溝涇。諸孫肯來游，誰謂川無舲。」及〈寄蔡氏女子〉第一首：「怠時物兮念汝，遲汝歸兮攜幼。」諸句看來，「攜幼尋新荇」，或恐是指外孫。則這幅老少天倫笑語的畫面，真是生動感人！《漫叟詩話》：「荊公定林後詩精深華妙，非少作之比。嘗作〈歲晚〉時，自以

比謝靈運，議者以爲然。」〈謝安的夢與王安石的詩〉：「俯窺憐綠淨，小立佇幽香，相當於細數落花，緩尋芳草，而意思全在憐字佇字。有此二字，逼眞的寫出徘徊瞻眺的神氣，即是所謂延緣。更有意味的是『攜幼尋新葀』兩句。葀是蓮蓬，小孩子很喜歡吃的東西，他這時國家大事無從管起了，一個人帶著小孩出去散步，給他找蓮蓬吃，或者自己也吃一點。這是甚麼樣的心情？淺人或以爲是閒適吧。《漫叟詩話》說他作此詩自比謝靈運，蓋亦元遺山所謂『朱絃一拂遺音在，卻是當年寂寞心』也。」此詩在天倫笑語之外，還流露出魏晉時期那種蕭散林下的風氣。又如〈半山春晚即事〉：

> 春晚取花去，酬我以清陰。翳翳陂路靜，交交園屋深。
> 床敷每小息，杖屨亦幽尋。惟有北山鳥，經過遺好音。

詩意爲：「暮春時節，帶走了花朵，卻送還我滿樹的綠陰。濃密的樹陰下山路顯得異常清靜，花園和房屋也特別幽深。我拄著手杖到處去尋幽訪勝，每當疲累了，便舖下衾枕，休憩一會。四周只有北山的鳥飛過，送來悅耳的叫聲。」首聯用散文句式作擬人化的描寫，來象徵政治生涯已走到盡頭，繁華雖然不再，卻換來終生難得的清閒。正是〈初夏即事〉所謂「綠陰幽草勝花時」之意。宋吳聿《觀林詩話》：「山谷云：『余從半山老人得古詩句法云：春風取花去，酬我以清陰。』」頷聯承前句清陰二字，摹寫陂路及園屋的幽深寧靜。翳翳、交交兩疊字用的貼切而不俗。床敷一聯，正是陶淵明〈歸去來辭〉「策扶老以流憩」之意，〈園蔬〉一首也有「枕簟不移隨處有」之句，皆隨遇而安、逍遙自適的人生態度的具體表現。關於鳥鳴，王安石屢有吟詠，〈老樹〉：「古詩鳥鳴山更幽，我念不若鳴聲收。」〈鍾山即事〉：「茅簷相對坐終日，一鳥不鳴山更幽。」學者多持之以與王文海「蟬噪林逾靜，鳥鳴山更幽」並論。《艇齋詩話》：「蓋鳥鳴即山不幽，鳥不鳴即山自幽矣，何必言更幽乎？此所以不如南朝之詩爲工也。」從理的角度來說，以鳥聲反襯山林的幽靜，王籍句爲工；但詩往往是感情的反映，不能以常理看待。王安石退隱初期，飽受流言困擾，「老來厭

世語，深臥塞門竇」，自好寂然無聲的境界。「一鳥不鳴山更幽」正所謂「無理而妙」。作〈半山春晚即事〉時，似已擺脫心中的憤激不平，悅納好鳥鳴聲。又如〈露坐〉：

> 露坐看溝月，飄然風度荷。珠跳散作點，金湧合成波。
> 芳歲老易晚，良宵閒獨多。秋風不成寐，吾樂豈絃歌。

詩意為：「夜晚露氣很重，我靜坐著看溝中倒映的月色。忽然一陣風飄來拂過荷葉，露珠在荷葉中間打個轉，隨即散成點點的小水珠滴落而下，一會兒，這些點點金光又聚在一起，匯成水波。在這樣美好的時光，最容易讓人忘記年歲的老大；而清靜的夜裡，特別覺得悠閒漫長。在這個秋風送爽的夜晚，一直無法入眠，我心中的那份快樂，那是彈琴嘯歌所能比擬的呢！」前四句寫景，後四句抒懷，暮年的生活形態和情趣，即在閒澹清靜中領受大自然的和諧美好中表露無遺。又如〈徑暖〉：

> 徑暖草如積，山晴花更繁。縱橫一川水，高下數家村。
> 靜憩雞鳴午，荒尋犬吠昏。歸來向人說，疑是武陵源。

詩意為：「和暖的小路上處處長滿青草，每當晴天的時候，山花開放的尤其繁盛。一道河流從山前曲折流過，村莊裡高高低低散布著幾戶人家。正午休息時，雞叫聲劃破了周圍的寂靜。到荒野去尋幽訪勝，黃昏日落時分，又聽見狗叫聲從遠處傳來。回來後向人談起，懷疑是不是找到了武陵桃花源呢！」李壁〈注〉：「公自言武陵源不甚好，韻中別無韻也。」陶淵明詩有「狗吠深巷中，雞鳴桑樹顛」之句，措辭真樸疏淡，概括性強；而王安石靜憩一聯，則以情景如繪、技巧細膩精湛，更勝一籌。頷聯以「縱橫」對「高下」，為反義連用字相對。又如〈定林院〉一首，詩及翻譯見前節。王安石晚年故交索絕，因與大自然為伍，而雲、月、魚、鳥時來相親，聊慰孤單寂寞之心。

七律如〈寶公塔〉：

> 倦童疲馬放松門，自把長筇倚石根。江月轉空為白晝，嶺
> 雲分暝與黃昏。鼠搖岑寂聲隨起，鴉矯荒寒影對翻。當此

　　　　不知誰主客，道人忘我我忘言。

詩意為：「疲倦的僮僕和馬匹都留在寺門外，自己一個人拄著竹杖登上寶公塔，並靠在一塊大石底下。皓月由江面上升起，照得光明猶如白晝，而嶺頭的雲影聚集，使得黃昏暮色顯得更為幽暗。老鼠跳動的聲響此起彼落，打破夜晚的沈寂，接著烏鴉的身影也在荒寒的曠野上空相對翻飛。在此時此刻，已分不清誰是主人？誰是賓客？道人已進入渾然忘我的境界，而我也祇能心領神會，不知用什麼言語來傳達這種心境。」王安石的七律，往往頷聯與頸聯較費安排，此詩頷聯構思新穎，在開闊的境界中，含有光明與晦暗的對比。頸聯則在一片黑暗沈寂中，蘊藏躍動的生命。寫鼠鴉才是大自然夜間的主人，隱含「君子道消，小人道長」之意，極晦極深。《續資治通鑑長編紀事本末》卷五十九載王安石之語：「凡欲美風俗，在長君子，消小人，以禮義廉恥由君子出故也。易以泰者，通而治也，否者，閉而亂也。閉而亂者，以小人道長；通而治者，以小人道消。小人道消則禮義廉恥之俗成，而中人以下變為君子多矣。禮義廉恥之俗壞，則中人以下變為小人者亦多矣。」可參看。如〈雨花臺〉：

　　　盤互長干有絕陘，并包佳麗入江亭。新霜浦溆綿綿白，薄
　　　晚林巒往往青。南上欲窮牛渚怪，北尋難忘草堂靈。篼輿
　　　卻走垂陽陌，已載寒雲一兩星。

詩意為：「盤旋曲折的長干里從山間穿過，站在佳麗亭中眺望，江山勝景便盡入眼底。剛結了霜，水邊全是白茫茫一片；傍晚時分，草木茂盛的山巒常常顯得一片青蒼。很想往南溯江而上，探究牛渚山下的怪物，使它原形畢露；但是往北去，鍾山草堂寺的神靈又著實令人難忘。當我乘著竹製的轎子再次經過栽滿垂楊的道路時，已有一兩顆星星在頭上陰冷的雲間閃爍了。」周錫䪖：「這首詩描寫登山所見瑰麗景色，並深刻地反映了王安石在罷相初期那種複雜矛盾的心情。」頸聯出句，是要投入激烈的現實抗爭；落句用孔稚圭寫〈北山移文〉譏諷曾隱居北山草堂寺後又當官的假隱士周顒的典故，象徵退隱的心意

已決，不復出山管理政治。其內心齟齬十分激烈。頷聯用綿綿、往往兩疊字，極好極傳神。如〈段氏園亭〉：

> 欹眠隨水轉東垣，一點炊煙映水昏。漫漫芙蕖難覓路，脩脩楊柳獨知門。青山呈露新如染，白鳥嬉遊靜不煩。朱崔航邊今有此，可能搖蕩武陵源。

詩意爲：「我側臥在小船上順著溝水東流入城去了，只有一點裊裊炊煙映在黃昏暮色的水中，四處蔓延生長著荷花，不易找到去路，只知道楊柳叢中便是你的家門。青山呈現在眼前，清新的像剛漂染過一般，白鳥也安靜不鬧地在嬉戲。朱雀航邊如今有這麼一塊人間淨土，誰還會嚮往武陵桃花源呢！」《詩人玉屑》卷六載陵陽〈室中語〉：「劉威有詩云：『遙知楊柳是門處，似隔芙蕖無路通』，意勝而語不勝。王介甫用其意而易其語曰：『漫漫芙蕖難覓路，蕭蕭楊柳獨知門』。」王安石喜歡改作他人的詩，往往竟勝前作。王安石詩中武陵源字一再出現，其憤世嫉俗，欲尋找自然眞樸的淨土的心願昭然可見。

以上列舉諸詩，無論境界與丰神情韻皆不在唐人下，內容幾乎全是王安石晚年內在情感心境眞實的反映與呈現。祇是在一層雅麗精絕的文字風格的煙幕下，在象徵比興手法巧妙的隱形下，顯得特別幽微深隱，不易爲人察覺。眞含蓄深厚，令人回味無窮。故吳喬《圍爐詩話》卷五：「（宋人）敷陳多於比興，蘊藉少於發舒，意長筆短者，十不一二也。唯介甫詩能令人尋繹於言語之外，當其絕詣，實自可興可觀，特推爲宋人第一。」欣賞研閱王安石的詩，套句他自己的詩語：「綠垂靜路要深駐，紅寫青陂得細看」（〈楊柳〉），正要深入，要仔細；如果容易讀過則無法領會王安石創作的用心。其餘如〈初晴〉、〈芳草〉、〈梅花〉、〈春雨〉、〈陂麥〉、〈書定林院窗〉、〈山櫻〉、〈書湖陰先生壁〉二首、〈示公佐〉、〈出定力院作〉、〈壬戌正月晦與仲元自淮上復至齊安〉、〈金陵即事〉三首、〈鍾山即事〉、〈定林所居〉等，多是文字清麗的白描作品，不須堆砌典實，不須雕琢繁麗詞藻，自顯深情。

除了表現罷相失勢、逍遙林泉的情懷以外，王安石還有一些妙在

言外的作品。如〈離昇州作〉：

> 想看不忍發，慘澹暮潮平。語罷更攜手，月明洲渚生。

詩意為：「我和你默然相視，卻不捨乘船出發，天色慘澹，晚潮漸漸退去。道別之後，再度執起手來，只見月亮已經升空，光明的照耀在剛剛浮現的沙洲上。」王安石早晚期的詩，大致上以罷相為分水嶺，然而實際上，有些詩的分別卻不是那麼明顯的。此首大約是再度被召入相離江寧時所作。在描摹依依的離情中，將篤厚的友誼巧妙地流露出來。從兩個寫景的句子，可感到一股明顯的抑鬱情緒。王安石復出，對時局並不感到樂觀，潮水退去，洲渚呈現，並不利於船隻的出現，有大勢已去的預感。如〈送王補之行風忽作因題四句於舟中〉一首：

> 淮口西風急，君行定幾時？故應今夜月，未便照相思。

慶幸西風忽作，言外之意，是不捨王補之遠行，因離別則牽惹相思之情。《艇齋詩話》：「人問韓子蒼詩法，答學唐人詩『打起黃鶯兒，莫教枝上啼。啼時驚妾夢，不得到遼西』。予嘗用子蒼言遍觀古人作詩規模，全在此矣。如唐人詩：『妾有羅衣裳，秦王在時作。為舞春風多，秋來不堪著。』又云：『曲江院裡題名處，十九人中最少年。今日風光君不見，杏花零落寺門前。』又如荊公詩：『淮口西風急，君行定幾時。故應今夜月，未便照相思。』皆此機杼也，學者不可不知。」韓子蒼所謂詩法，即是藏言外之意弦外之音的涵蓄手法。又如〈出金陵〉：

> 白石岡頭草木深，春風相與散衣襟。
>
> 浮雲映郭留佳氣，飛鳥隨人作好音。

此首大約是英宗治平四年召為翰林學士，次年熙寧元年四月自江寧赴京時作，流露出受君知遇歡欣不已的情緒，是王安石集中罕觀的例子。與陶淵明〈歸去來辭〉：「舟飆飆以輕颺，風飄飄而吹衣。問征夫以前路，恨晨光之熹微。」表現無官一身輕、歸心似箭的心情迥然不同。又如〈雜詠六首〉之四、〈題齊安寺山亭〉：

> 烏石岡頭躑躅紅，東江柳色漲春風。
>
> 物華人意曾相值，永日留連草莽中。

北山無蹢躅，故國有楊梅。悵望心長折，殷勤手自栽。

暮年逢火改，晴日對花開。萬里鳥塘路，春風自往來。

都是暮年懷戀撫州家鄉風土之作。尤其後一首寫的悲涼掩抑，是首很好的五律。此外，詠史或弔古之作，也寫的饒有意味。如〈雙廟〉：

兩公天下駿，無地與騰驤。就死得處所，至今猶耿光。

中原擅兵革，昔日幾侯王。此獨身如在，雖令國不亡。

北風吹樹急，西日照窗涼。志士千年淚，泠然落莫饡。

憑弔唐代安祿山之亂時，張巡與許遠兩位守城名將忠義的氣節。就死兩句，言二公死於忠義，爲得其處所。「此獨」兩句，言忠義死節之人，爲世崇敬，終古如存。「北風」兩句，據《苕溪漁隱叢話》：「半山老人〈雙廟〉，北風西日之句，細味之，其託意深遠，非止詠廟中景物而已。蓋巡遠守睢陽時，安慶緒遣突厥勁兵攻之，日以危困，所謂北風吹樹急也。是時肅宗在靈武，號令不行於江淮，諸將觀望，莫肯救之，所謂西日照窗涼也。此殊得老杜句法。如老杜題蜀相廟詩云：『映階碧草自春色，隔葉黃鸝空好音。』亦自別託意在其中矣。」（李壁〈注〉引）又如〈讀史〉：

自古功名亦苦辛，行藏終欲付何人。當時黯黮猶承誤，

末俗紛紜更亂眞。糟粕所傳非粹美，丹青難寫是精神。

區區豈盡高賢意，獨守千秋紙上塵。

此詩提出史籍記載往往失實的問題，飽含自己被誤解、歪曲甚至蓄意誣陷的痛切感受。「糟粕」兩句，周錫馥並以爲「蘊含哲理，十分耐人尋味。與〈明妃曲〉『意態由來畫不成』句異曲同工。」如〈謝公墩〉：

我名公字偶相同，我屋公墩在眼中。

公去我來墩屬我，不應墩姓尚隨公。

明瞿佑《歸田詩話》：「或謂荊公好與人爭，在朝則與諸公爭新法，在野則與謝公爭墩，亦善謔也。」而鄭師因百也有說明：「大有與謝公相視而笑莫逆於心之概。不是尋常的弔古之作，直把謝公當作一家人，爭墩是爭著玩，正是『不見外』之意。」王安石在嚴肅拘謹的生活態度之外，仍有其幽默富情趣的一面。〈戲示蔣穎叔〉用的是《義

山雜纂》中「殺風景」的典故，也滑稽風趣。元韋居安《梅磵詩話》以〈謝公墩〉一首得「束廣就狹體」，因爲他人欲隱括此意非累數十言不可，而王安石僅以二十八字得之。餘如〈孟子〉、〈讀蜀志〉、〈謝安〉、〈賈生〉等詠史，均非單純的詠史，多以比況己身之際遇心境，或藉以渲洩不平的心情，皆有意味。

二、對偶森嚴

雖然以上列舉許多情在言外，句絕意不絕，或妙手偶得之渾然天成、不可以句摘的好作品，但是王安石詩裡也不乏刻意求工之作。陳師道《後山詩話》：「詩欲其好則不能好矣。王介甫以工，蘇子瞻以新，黃魯直以奇。而子美之詩，奇常工易新陳莫不好也。」《石林詩話》卷上：「王荊公晚年詩律尤精嚴，造語用字，間不容髮。然意與言會，言隨意遣，殆不見有牽率排比處。如『含風鴨綠鱗鱗起，弄日鵝黃裊裊垂』，讀之初不覺有對偶。至『細數落花因坐久，緩尋芳草得歸遲』，但見舒閒容與之態耳。而字字細考之，若徑隱括權衡者，其用意亦深刻矣。」乃是精於裁對，如上兩例之外：

　　清江無限好，白鳥不勝閒。（〈江亭晚眺〉）

　　落日更清坐，空江無近舟。（〈江上二首〉其一）

　　綠陰生晝寂，幽草弄秋妍。（〈示無外〉）

　　寒鴉對立西風樹，幽草環生白露庭。（〈寄酬曹伯玉因以招之〉）

　　落木雲連秋水渡，亂山煙入夕陽橋。（〈九日登東山寄昌叔〉）

　　孤城倚薄青天近，細雨侵陵白日昏。（〈次韻舍弟賞心亭即事二首〉其二）

　　千家漁火秋風市，一葉歸舟暮雨灣。（〈姑胥郭〉）

　　樹外鳥啼催晚種，花間人語趁朝墟。（〈次韻吳彥珍見寄二首〉其一）

亦皆清麗絕人。初讀不覺有對偶，待字字細校考之，始知是經過反覆推敲的。

已無船舫猶聞笛，遠有樓臺祇見燈。（〈次韻平甫金山會宿寄親友〉）

江月轉空爲白晝，嶺雲分暝與黃昏。（〈登寶公塔〉）

皆係明暗的對比。前聯更含有遠近、有無、視聽的對照，構思緻密。

坐見山川吞明月，杳無車馬送塵埃。（〈落星寺〉）

寶勢旁連大江起，尊形獨受眾山朝。（〈寶公塔〉）

極寫地勢高聳，視野開闊。

鼠搖岑寂聲隨起，鴉矯荒寒影對翻。（〈登寶公塔〉）

靜中有動，動中益顯夜之沈寂。雖非雅麗，不失奇崛。岑寂、荒寒又是雙聲字。上下句且是聲和影的對比。

客思似楊柳，春風千萬條。（〈壬辰寒食〉）

欲傾寒食淚，更漲冶城潮。（同右）

帠動川收潦，靴鳴海上潮。（〈和吳沖卿雪霽紫宸朝〉）

酒量寬滄海，詩鋒捷孟勞。（〈吳正仲諭官得故人寄蟹以詩謝之余次其韻〉）

美似狂醒初噉蔗，快如衰病得觀濤。（〈次韻酬宋玘六首〉其四）

均比喻而誇張的例子。

草長流翠碧，花遠沒黃鸝。（〈東皋〉）

殺青滿架書新繕，生白當窗室久虛。（〈和楊樂道見寄〉）

相看且度白雞年，後會敢期黃耇日。（〈次許覺之奉使東川〉）

髮爲感傷無翠葆，眼從瞻望有玄花。（〈和文淑溢浦見寄〉）

采石偶耕垂百日，青溪並釣亦三年。（〈次韻鄆子儀二首〉其二）

紫磨月輪升靄靄，帝青雲幕卷寥寥。（〈回憦〉）

紅梨無葉庇花身，黃菊分香委路塵。歲晚蒼官纔自保，日高青女尚橫陳。（〈紅梨〉）

乃顏色相對。首聯包括翠碧黃鸝（黑）四色，與〈寄張諤招張安國金陵法曹〉詩：「深谷黃鸝嬌引子，曲碕翠碧巧藏身。」相同。次聯殺青、生白皆用典。三聯雞、耇爲借對。又〈送王詹叔利州路運判〉：「未

駕朱輴辭輦轂，卻分金節住均輪。」〈和御製賞花釣魚詩〉：「披香殿
上留朱輦，太液池邊送玉杯。」上聯爲顏色對，下聯朱字借爲珠字以
與玉字相對。五聯采石、青溪並地名，采青爲暗對。紫磨爲金色，帝
青即青帝色，爲錯綜對。〈紅梨〉一首句句含顏色字，且蒼官青女代
指霜雪和松柏，較顯安排鬥湊之痕跡。

> 弄玉有祠終或往，飛瓊無夢故難知。（〈小姑〉）

> 一川濁水浮文鷁，千里輕帆落武丘。（〈送章宏〉）

> 平日離愁寬帶眼，訖春思歸滿琴心。（〈寄余溫卿〉）

> 數能過我論奇字，當復令公見異書。（〈過劉全美居所〉）

> 久爲漢吏知文法，當使淮人服教條。（〈送吳仲純守儀真〉）

> 曲城丘墓心空折，鹽步庭闈眼欲穿。（〈過山即事〉）

弄玉對飛瓊，文鷁對武丘，帶眼對琴心，奇字對異書，文法對教條，
心空折對眼欲穿，極嚴整。至於連綿詞的屬對也工致傳神，甚見巧思。

> 含風鴨綠鱗鱗起，弄日鵝黃裊裊垂。（〈南浦〉）

> 新霜浦溆綿綿白，薄晚林巒往往青。（〈雨花臺〉）

> 木末上山煙冉冉，草根南澗水泠泠。（〈木末〉）

> 種種春風吹不長，皇皇明月照還稀。（〈嘲白髮〉）

> 城似大隄來宛宛，溪如清漢落潺潺。（〈為裴使君賦擬峴臺〉）

> 天子坐籌星兩兩，將軍歸佩印累累。（〈次韻王禹玉平戎慶捷〉）

> 臨津灩灩花千樹，夾徑斜斜柳數行。（〈臨津〉）

> 小雨蕭蕭潤水亭，花風颭颭破浮萍。（〈雜詠六首〉其五）

> 旅病惛惛如困酒，鄉愁脈脈似連環。（〈姑胥郭〉）

> 青遠遠分纏屬，綠宛宛分橫逗。（〈寄蔡氏女子二首〉其一）

> 何膠膠擾擾，而紛紛籍籍。（〈次韻約之謝惠詩〉）

以上疊字相對。

音容想像猶如昨，歲月蕭條忽已更。(〈寄張氏女弟〉)

兩地塵沙今齟齬，二年風月共婆娑。(〈酬沖卿見別〉)

一水碧羅縈綠繞，萬峰蒼玉刻屏顏。(〈次韻曾子翊赴舒州官見貽〉)

芙蕖的歷抽新葉，苜蓿闌干放晚花。(〈暮春〉)

柳蔦綿兮含姿，松偃寒兮獻秀。(〈寄吳氏女子二首〉其一)

超遙送逸響，誕漫寫真意。(〈牧笛〉)

強逐蕭騷水，遙看慘淡山。(〈寄西庵禪師行詳〉)

摩挲蒼苔石，點檢屐齒痕。(〈謝公墩〉)

以上疊韻字相對。

聯翩久傍宮槐綠，契闊今看楚蓼紅。(〈寄沖卿二首〉其一)

肌冰綽約如姑射，膚雪參差是太真。(〈次韻徐仲元詠梅二首〉其二)

濃綠扶疏雲對起，醉紅撩亂雪爭開。(〈池上看金沙花數枝過酴醿架盛開二首〉其一)

窺人鳥喚悠颺夢，隔水山供宛轉愁。(〈午枕〉)

摧藏羊曇骨，放浪李白魂。(〈謝公墩〉)

以上雙聲對疊韻。

金爐香盡漏聲殘，剪剪輕風陣陣寒。(〈夜直〉)

浮雲吹盡數秋毫，爛爛金波滿滿醪。(〈中秋夕寄平甫諸弟〉)

獨傍黃塵騎一馬，行看蕭索看颺颺。(〈秋日〉)

徐熙丹青蓋江左，杏枝偃寒花婀娜。(〈題徐熙花〉)

連綿詞均係當句對。其中蕭索又代指黃塵，颺颺代指風。

杞梓豫章蟠絕壑，騏驎騄駬跨浮雲。(〈思王逢原三首〉其一)

鷹隼奮飛凰羽短，騏驎埋沒馬群空。（〈思王逢原三首〉其三）

無心使口肝使目，有幹作身根作頭。（〈次韻葉致遠木人洲二首〉
其二）

擁帚尚憐南北巷，持盂能喜兩三家。（〈讀眉山集次韻雪詩五首〉
其一）

取遙比甘覺近美，與舊爭洌知新寒。（〈酬王濬賢良松泉二詩〉
其二）

以上當句有對的對仗。首聯上句連用四種良木，下句連用四種良馬。
次聯以鳥名對馬名。三聯以人身器官對樹木的局部部位名稱。四聯以
方向字對數字。五聯上句以遙近對，下句以新舊對。以替代詞對仗的
例子如：

蕭蕭出屋千竿玉，靄靄當窗一炷雲。（〈金陵報恩大師西堂方丈
二首〉其二）

千竿玉謂竹，一炷雲謂香。

露翰飢更清，風鬣遠亦香。（〈崑山慧聚寺次孟郊韻〉）

露翰代鶴。

委翳無多在，飄零更不飛。（〈次韻景仁雪霽〉）

委翳謂積雪，飄零代雪花。

跳鱗出重錦，舞羽墜軟玉。碧箭遞舒卷，紫角聯出縮。

千枝孫嶧陽，萬本毋淇奧。滿門陶令株，彌岸韓侯菽。

跳鱗、舞羽、碧箭、紫角分別為魚、鳥、荷、菱之代詞。孫嶧陽、毋
淇澳、陶令株、韓侯菽則分別指桐、竹、柳、菜而言。構思新穎，卻
不免釘餖堆砌。

春殘葉密花枝少，睡起茶多酒盞疏。（〈晚春〉）

《藝苑雌黃》以為是密字對疏字，多字對少字，交股用之，稱為蹉對
法。

一水護田將綠遶，兩山排闥送青來。（〈書湖陰先生壁〉）

周顒宅作阿蘭若，婁約身歸窣堵波。（〈與道原游西莊過寶乘〉）

每苦交游尋五柳，最嫌尸祝擾庚桑。（〈次韻酬徐仲元〉）

《石林詩話》卷中：「荊公詩用法甚嚴，尤精於對偶。嘗云：『用漢人語止可以漢人語對，若參以異代語，便不相類。』如『一水護田圍綠去，兩山排闥送青來』之類，皆漢人語也，此惟公用之不覺拘窘卑凡。如『周顒宅在阿蘭若，婁約身隨窣堵波』，皆以梵語對梵語，亦此意。嘗有人向公稱『自喜田園安五柳，但嫌尸祝擾庚桑』之句以為的對，公笑曰：『伊但知柳對桑為的，然庚亦自是數，蓋以十干數之也。』」首聯為漢桑弘羊之語對樊噲之語。中聯阿蘭若，佛書或作阿練若，意為寂靜無事之處。窣堵波，梵語乃靈廟之意。五柳為陶淵明的典，庚桑出《莊子》。

> 為問火城將策試，何如雲屋聽窗知。(〈次韻酬府推仲通學士雪中見寄〉)

> 功謝蕭規慚漢第，恩從隗始詫燕臺。(〈張侍郎示東府新居因而和酬〉)

> 河側鮑焦乾尚立，江邊屈子槁將投。(〈次韻致遠木人洲二首〉其一)

> 懷磚大峴如迎日，供帳閶門憶去時。(〈公闢枉道見過獲聞新詩因敘嘆仰〉)

以上用典切當，下字精確。

> 深藏組麗三千牘，靜占寬閑五百弓。(〈示德逢〉)
> 黃旗已盡年三百，紫氣空收劍一雙。(〈金陵懷古四首〉其四)
> 山林病骨煩三顧，湖海離腸欲萬周。(〈次韻覺之〉)

以上數字相對。

> 雄也營身足，聃兮誤汝多。捐書知聖已，絕學奈禽何。(〈偶書〉)

也兮、已何，均虛字相對。

> 去年音問隔淮州，百謫難知亦我憂。前日杯盤共江渚，一歡相屬豈人謀。(〈次韻酬朱昌叔五首〉其二)

為隔句對仗的例子。

三、善於下字鍊字

屬對之外，王安石尚有一種手法運用極成功，惠洪《冷齋夜話》：「魯直詩有曰：『長因送人處，憶得別家時。』又曰：『舊國別多日，故人無少年。』而荊公、東坡用其意，作古今不經人道語。荊公詩曰：『木末北山煙冉冉，草根南澗水泠泠。繰成白雪桑重綠，割盡黃雲稻正青。』東坡曰：『春畦雨過羅紈膩，夏隴風來餅餌香。』如《華嚴經》，舉因知果；譬如蓮花，方其吐花，而果具蕊中。造境之工，至荊公、東坡盡古今之變。荊公『江月轉空爲白晝，嶺雲分暝與黃昏。』又曰：『一水護田將綠遶，兩山排闥送青來。』東坡〈海棠〉詩曰：『只恐夜深花睡去，故燒銀燭照紅粧。』又曰：『吾攜此石歸，袖中有東海。』山谷曰：『此詩謂之句中眼。學者不知此妙，韻終不勝。』」其中所引詩句，所運用之藝術手法，皆不脫聯想與擬人之法。王安石〈木末〉一首：「繰成白雪桑重綠，割盡黃雲稻正青。」爲今古傳誦的句子。繰完了雪白的蠶絲，桑樹又重新長出綠葉；收割完田裡金黃色的麥子，轉眼間稻秧又綠油油的一片了。以白雪喻繭，以雲喻麥，皆由色彩相同，牽連視覺方面的聯想。王安石甚愛此句，〈同陳和叔遊齊安院〉一首再度使用。〈示俞秀老〉改爲「繰成白雪三千丈，細草遊雲一片愁」，則用以喻白髮了。〈登寶公塔〉「江月轉空爲白晝，嶺雲分暝與黃昏」，〈書湖陰先生壁〉「一水護田將綠遶，兩山排闥送青來」，使用轉字、分字、護字、遶字、排字、送字，全是擬人作用，詩法如此，在求詩之含蓄無窮韻味與生動入神。活字點眼，擬人生趣之例尚有：

紫莧凌風怯，蒼苔挾雨驕。（〈雨中〉）

春晚取花去，酬我以清陰。（〈春晚〉）

染雲爲柳葉，剪水作梨花。（〈染雲〉）

山木悲鳴水怒流，百蟲專夜思高秋。（〈寄育王大覺禪師〉）

汀草岸花渾不見，青山無數逐人來。（〈若耶溪歸興〉）

　　荒埭暗雞催月曉，空場老雉挾春驕。（〈自金陵至丹陽道中有感〉）

　　長樹老陰欺夏日，晚花幽艷敵春陽。（〈次韻答平甫〉）

　　誰將石黛染春潮，復撚黃金作柳條。（〈誰將〉）

　　嬌梅過雨吹爛漫，幽鳥迎陽語啾唧。（〈次韻和中甫兄春日有感〉）

王安石〈題張司業詩〉有「看似尋常最奇崛，成如容易卻艱辛」之句，
除張籍樂府可當之外，王安石自己上類作品，皆可作爲註腳。此外：

　　更無一片桃花在，借問春歸有底忙。（〈陂麥〉）

　　暗香一陣連風起，知有薔薇澗底花。（〈同熊伯通自定林過悟真
　　二首〉其一）

　　看取春條隨日長，會須秋葉向人稀。（〈代白髮答〉）

　　青山繚繞疑無路，忽見千帆隱映來。（〈江上〉）

　　除卻東風沙際綠，一如看汝過江時。（〈送和甫至龍安微雨因寄
　　吳氏女子〉）

　　遙知不是雪，爲有暗香來。（〈梅花〉）

亦興致蕩然之作，誠如山谷所言，學者不知此妙，韻終不勝。王安石
重視修辭，從宋洪邁《容齋詩話》卷六記載可知：「王荊公絕句云：『京
口瓜洲一水間，鍾山祇隔數重山。春風又綠江南岸，明月何時照我還。』
吳中人士藏其草，初云『又到江南岸』，圈去到字，注曰『不好』，改
爲『過』，復圈去，而改爲『入』，旋改爲『滿』，凡如是者十許字，
始定爲『綠』。」如此嚴謹的創作態度，一直被後人傳爲美談。〈泊船
瓜洲〉寫的質而實綺，淡而實腴，主要在拈出一個綠字，將江南春日
景色的優美全部烘襯出來。

　　王安石作詩往往不避用字重覆，如〈遊鍾山〉一首，山字便出現
八次。強調山字的意義，是表示對山的鍾愛。而〈定林所居〉：

　　　屋繞灣溪竹遶山，溪山卻在白雲間。

　　　臨溪放杖依山坐，溪鳥山花共我閒。

溪字山字各用四次。〈江雨〉：

> 冥冥江雨濕黃昏，天入滄洲漫不分。
>
> 北澗欲通南澗水，南山正遠北山雲。

南北山澗字重出。北澗一聯不僅對偶，且是當句有對，甚巧。〈勘會賀蘭溪主〉：

> 賀蘭溪上幾株松？南北東西有幾峰？
>
> 買得往來今幾日？尋常誰與坐從容？

宋黃昇《玉林詩話》以爲王安石用唐皇甫冉〈問李二司直〉一詩的作法，即屈原〈天問〉體。王安石對偶精嚴之外，下字用事皆切當有斟酌，同時，各種詩法之運用也靈活巧妙。

四、傷於工巧

作詩如果雕鏤過甚，則不免傷於工巧。王安石詩中不免也有費力刻畫的痕跡。《後山詩話》：「魯直謂荊公之詩暮年方妙，然格高體下。如云：『似聞青秧底，復作龜兆坼』，乃前人所未道。又云：『扶輿度陽燄，窈窕一川花』，雖前人亦未易道。然學二謝失于巧爾。」按：前句〈寄楊德逢〉，後句爲〈法雲〉。《王直方詩話》：「陳無己云，山谷最愛舒王扶輿度陽燄，窈窕一川花，謂包含數個意。」所謂陽燄，沈括《夢溪筆談》：「莊子言，野馬也，塵埃也，乃是兩物。古人即謂野馬爲塵埃，恐不然也。野馬乃田間浮氣耳，遠望如牛群，又如水波，佛書謂如熱時野馬陽燄，即此物也。」指田間浮氣。王安石扶輿二句是說：「我乘著轎子越過山間小路，天氣十分炎熱，一波波熱浪襲來，忽然遠遠看見蜿蜒曲折的河邊，開滿了花朵，清涼無比。」熱浪中見法雲寺泉水甘洌，花木扶疏，十分怡人。用思繁密，不失爲佳句。然如下的例子：

> 名譽子眞矜谷口，事功新息困壺頭。(〈次韻酬朱昌叔五首〉其五)
>
> 世事但知吹劍首，官身難即問刀頭。(〈次韻酬朱昌叔五首〉其四)
>
> 已能爲我迂神足，便可隨方長聖胎。(〈榮上人遽欲歸以詩留之〉)

長魚俎上通三印，新茗齋中試一旗。(〈送福建張比部〉)

年多但有柳生肘，地僻獨無茅蓋頭。(〈次韻致遠木人洲二首〉
其一)

蕉中得鹿初疑夢，牗下窺龍稍眩眞。(〈夜讀試卷呈君實待制景
仁內翰〉)

獵較趣時終瑣瑣，畫堠營職信悠悠。(〈次楊樂道述懷〉)

龍鱗直爲當官觸，虎穴寧關射利探。(〈送江寧彭給事赴闕〉)

朱轂歔頭終協夢，粉闈雞舌更須含。(〈送江寧彭給事赴闕〉)

均輸北轉荊門鷁，勸課西臨蜀市蠶。(〈送江寧彭給事赴闕〉)

橐垂鈴棧駝鳴圉，節擁棠郊虎視眈。(〈送江寧彭給事赴闕〉)

投壺饗客魚無乙，伐鼓蒐兵馬有驔。(〈送江寧彭給事赴闕〉)

鱗鬣掀紅旗杳杳，虯髯叱黑纛鬖鬖。(〈送江寧彭給事赴闕〉)

乾龍已應天飛五，晉馬徐觀畫接三。(〈送江寧彭給事赴闕〉)

籬落生孫竹，門庭上女蘿。(〈烏塘〉)

坐引魚兒戲，行將鹿女遊。(〈臥聞〉)

洲荻藏迷子，溪篁擁若耶。(〈送張宣義之官越幕二首〉其二)

或用僻典，或藏動物名稱，或子、耶（爺）假對，專在鑿險縋幽，求
字面之工整。《石林詩話》卷上載蔡天啓之言：「荊公每稱老杜『鉤簾
宿鷺起，丸藥流鶯囀』之句，以爲用意高妙，五字之楷模。他日公作
詩，得『靑山捫蝨坐，黃鳥挾書眠』，自謂不減杜語，以爲得意，然
不能舉全篇。余頃嘗以語薛肇明，肇明後被旨編公集，求之終莫得。
或云，公但得此一聯，未嘗成章也。」靑山兩句不過簡鍊而已，殊不
見佳處。至於〈懷金陵〉三首，前首末句，成爲次首之起句，稱蟬聯
句法。如第一首末句爲「煙雲渺渺水茫茫」，第二句即以「煙雲渺渺
水茫茫」起，第二首以「追思陳跡故難忘」收，第三首即以「追思陳
跡故難忘」起，這也是經過刻意安排的。而〈老景〉、〈移松皆死〉、〈送
程公闢傳謝還姑蘇〉三詩，將古人姓名藏句中；〈送李屯田守桂陽〉

一首,逐句藏禽名;〈和微之藥名勸酒〉及〈既別羊王二君與同官飲於城南因成一篇追寄〉,隱藏藥名於句中,則是一種文字遊戲了。〈老景〉作於晚年:

> 老景春可惜,無花可留得。繞屋褚先生,蕭蕭何所直。
> 每嫌柳渾青,追恨李太白。多謝安石榴,向人紅蕊拆。

景春、褚先生、蕭何、柳渾、李太白、謝安石、劉向,皆人名。〈送李屯田守桂陽〉二首其二、〈和微之藥名勸酒〉作於早期:

> 倉黃離家問南北,中路思歸歸不得。風濤何處不驚人,雨雪前村更欺客。舊交旌旆此盤桓,見我即令兒解鞍。荒山樂官歌舞拙,提壺沽酒聊一歡。行藏欲話眉不展,互歡別離心繾綣。行年半百勞如此,南畝催耕未宜晚。

黃離、思歸、陶河、子鴳鶂、鶡鴒、山樂官、提壺、畫眉、伯勞、催耕皆鳥名。

> 赤車使者錦帳郎,從客珂馬留閑坊。紫芝眉宇傾一坐,笑語但聞雞舌香。藥名勸酒詩實好,陟釐為我書數行。眞珠的皪鳴槽床,金罌琥珀正可嘗。史君子細看流光,莫惜覓醉衣淋浪,獨醒至死誠可傷。歡華易盡悲酸早,人間沒藥能醫老。寄言歌管眾少年,趁取烏頭未白前。

赤車使者、從容、紫芝、雞舌香、眞珠、金櫻子、琥珀、史君子、獨醒、酸棗、沒藥、貫眾、烏頭均藥名。二首詩意雖佳,然格體卑下,殊不足傚倣。

袁枚平生不喜王安石的詩,《隨園詩話》:「王荊公作文,落筆便古;王荊公論詩,開口便錯。何也?文忌平衍,而公天性拗執,故琢句迴不猶人。詩貴溫柔,而公性情刻酷,故鑿險縋幽,自墮魔障。」平情而論,評語固然含有部份事實,但與《詩人玉屑》卷二引敖陶孫器之所言:「荊公如鄧艾縋兵入蜀,要以險絕為功。」及宋張戒《歲寒堂詩話》卷七:「王介甫只知巧語之為詩,而不知拙語亦詩也。」相同,犯了以偏概全的毛病。畢竟,王安石詩歌創作的成就,絕非憑一二詩家學者的三言兩語,就可以一筆抹煞的了的。

第三節　詩風轉變的關鍵

　　王安石詩早晚作風不同，早年兀傲雄奇，晚年精深華妙；早年以說理議論詠史抒懷居多，晚年則以寫景抒情見長；早年多古風，晚年多律體。這不能說是絕對如此，只是大體上可以如此區分。轉變的關鍵究竟爲何？可從詩學淵源和心境變化兩方面加以探討。

一、詩學淵源

　　依據葉夢得《石林詩話》及《臨川集》卷八十四〈唐百家詩選序〉：

> 後爲群牧判官，從宋次道盡假唐人詩集博觀約取，晚年始盡深婉不迫之趣。乃知文字雖工拙有定限，然亦必視初壯，雖此公方其未至時，亦不能力強而遽至也。

> 余與宋次道同於三司判官時，次道出其家藏唐詩百餘編，諉余擇其精者，次道因名曰《百家詩選》。廢日力於此，良可悔也。雖然，欲知唐詩者，觀此足矣。

得知仁宗嘉祐四年三十九歲，以編《百家詩選》之故，徧覽唐人詩集，達百餘家。再參考《詩人玉屑》卷十二卷十四引《冷齋夜話》和《遯齋閒覽》的記載：

> 王荊公以李太白、杜子美、韓退之、歐陽永叔詩編爲《四家集》，以歐公居太白之上。公曰：「太白詞語迅快，然十句九句言婦人酒耳。」

> 或問王荊公云：「公編《四家詩》，以杜甫爲第一，李白爲第四，豈白之才格詞致不逮甫也？」公曰：「白之歌詩豪放飄逸，人固莫及，然其格止於此而已，不知變也。至於甫，則悲懽窮泰，發歛抑揚，疾徐縱橫，無施不可。故其詩有平淡簡易者，有綿麗精確者，有嚴重威武若三軍之帥者，有奮迅馳驟若泛駕之馬者，有淡泊閒靜若山谷隱士者，有風流蘊藉若貴介公子者。蓋其詩緒密而思深。觀者苟不能臻其閫奧，未易識其妙處。夫豈淺近者所能窺哉？此甫之所以光掩前人，而後來無繼也。元稹以謂兼人所獨專，斯言信矣。」

王安石在編《百家詩選》之外，又曾編杜甫、韓愈、歐陽脩、李白《四家集》。故四十歲上下，詩法已經粲然俱備。但凡為大家，無不是博觀而約取，王安石自不例外。

　　早年古風得力於杜韓為多。如〈杜甫畫像〉，以雄偉的氣勢，表現杜甫內在精神的雄壯堅毅與詩筆的高妙自然。他讚揚杜甫困窮潦倒終其一生，然卒不改其憂國憂民之心；胸襟開闊，人品高尚，非當時人自私和鄙俗所可相比。對杜推崇備至。胡仔《苕溪漁隱叢話》：「李杜畫像，古今詩人題詠多矣。若杜子美，其詩高妙固不待言，要當知其平生用心處，則半山老人之詩得之矣。」（見李壁〈注〉）而〈虎圖〉，開首四句形容虎之威武神態。起句「壯哉非羆亦非貙」甚奇，引人入勝。卒然四句寫觀畫的感受，調度雍容不迫。想當四句想像畫家揮灑時成竹在胸目空一切的神情。接下四句摹寫背景，烘托主題，更突顯虎的生氣。末二句寫畫若移置荒郊野外，將令路人莫辨其偽。全詩渲染虎圖在藝術方面的效果，十分成功。據蔡絛《西清詩話》，王安石用杜甫〈畫鶻行〉奪胎換骨，當日在歐陽脩、梅聖俞席上，曾令二人袖手。〈陰山畫虎圖〉也是近似杜甫風格的一首。此外〈兼并〉、〈收鹽〉一類反映政治以及民生的作品，都源自杜甫白居易社會寫實這一派而來。只是變消極的諷諭或反映的觀點，而為積極改革的主張，顯露政治家的抱負，是與少陵樂天相異之處。此外，由《臨川集》卷八十四〈老杜詩後集序〉，也可以明瞭王安石喜愛杜甫，進而景仰杜甫效法杜甫的心。

　　及在京師任群牧判官，時與歐梅等人唱和，則極力摹倣韓歐的詩歌風格。在章法嚴謹，氣勢雄偉之外，更兼有一種疏宕與奇險傲岸。試看〈和沖卿鴉樹石屏〉，當時歐陽脩、蘇舜欽都同作。此詩詠歎石屏如畫，非人工造作，而是出於天工自然形成。起首四句寫石屏上所呈現的是寒林昏鴉的景象。君家六句寫圖案生動逼真，令人有落日時分在空山踽踽獨行的錯覺感受。君詩二句認同沖卿在詩中讚美石屏出於天巧的看法。嗟哉至元氣并，寫天工鬼斧，人們竟欲以有限的智力

與之一爭長短。畫工四句寫圖畫雖好，歷時既久，終將腐壞，只有石能永保不朽。世人四句交待石屏自採集至爲沖卿所得的經過。末句頌美沖卿詩與石屏是密不可分的珍寶。收尾稍嫌緩散柔弱。但從文字風格來，與韓歐甚爲近似。再如〈寄王逢原〉，前四句以寫景起，境界闊大。接著六句，興起深沈的感慨。「永懷古人今已矣，感此近世何爲哉！」慨嘆世風衰微。「莊韓百家藝天起，孔子大道寒於灰。」二句寫儒道陵夷不彰。力排二句寫志在排摒異端，發揚儒家思想，並行道於天下。「梗柟豫章概白日，祇要匠石聊穿裁」寫王逢原質賦高，只要稍加栽培，假以時日，必成有用之材。尾端表示方爲公事牽絆，盼望王逢原暇日前來相聚，共同論道。此詩爲嘉祐三年知常州，將移江東提點刑獄時作。全詩不唯散文爲詩的特色逼肖昌黎，精神內涵亦無不相似！此外，〈次韻歐陽永叔端溪石枕蘄竹簟〉、〈吳長文新得顏公壞碑〉、〈哭梅聖俞〉、〈信都公家白兔〉，都是同一時期先後所作。〈信都公家白兔〉一首，前幅用古代神話結合豐富想像力而成，可能從韓愈〈毛穎傳〉獲得靈感。由水晶以下十二句寫白兔的來歷，以及毛色潔白、赤睛、弱足的外觀，和善跳的習性。去年四句寫兔因毛色潔淨純白被捕。空衢以下四句代爲白兔向歐陽脩陳情，希望能縱之使歸山林。王安石不違物性可見。清方東樹《昭昧詹言》卷十二：「荊公才較爽健，而情韻幽深不逮歐公，二公皆從韓出。」梁啓超《王荊公》：「荊公古體與其謂之學杜，毋寧謂之學韓。」錢鍾書《談藝錄》研究最深，將受韓詩沾概的詩句不憚其煩一一摘錄，可以參看。而律詩仍以杜甫爲主。有〈次韻張唐公三首〉其二：「地大蟠三楚，天低入五湖。」強幼安《唐子西文錄》：「王荊公五字詩得子美句法。」另一首〈吳江〉：「地留孤嶼小，天入五湖深。」句法亦近似。歐陽脩喜李白卻不喜杜甫，宋代尊杜始於王安石，所以竭力摹倣。《石林詩話》：「蔡天啓云：荊公每稱老杜『鉤簾宿鷺起，丸藥流鶯囀』之句，以爲用意高妙，五言之楷模，他日公作詩，得『青山捫蝨坐，黃鳥挾書眠』，自謂不減杜語，以爲得意。」

　　及至中年，尤以七律對偶森嚴，用事僻奧精切為特色。是在杜甫詩律之外，參以李商隱。不過，卻完全擺脫西崑側艷輕浮的作風。如〈愁臺〉一首，首聯以寫景起，頷聯「河勢東南吹地坼，天形西北倚城斜」，寫地理形勢，境界開闊，詩筆雄健，近於杜甫。頸聯「傾壺語罷還登眺，岸幘詩成卻嘆嗟」，語有轉折頓挫。末聯「萬事因循今白髮，一年容易即黃花」，寫感慨，不必對偶，卻自然流動。如〈與微之同賦梅花得香字〉三首其二，首聯指出梅開放時間略早於紅杏，次聯「從教臘雪埋藏得，卻怕春風漏洩香」，寫梅在多雪散發淡然幽香，此句有李商隱詩風味。頸聯寫梅花的美。末聯「少陵為爾牽詩興，可是無心賦海棠」，用典故卻風韻無限。第三首「向人自有無言意，傾國天教抵死香」之句，將梅花擬為傾國美女，欲令天下人為之傾倒，而盡力散發他的魅力。為王安石借物託興抒寫懷抱的一貫手法。頸聯「鬚裊黃金危欲墮，蒂團紅蠟巧能裝」，擺脫歷來詠梅多詠潔白的俗套，不唯造語巧麗，可謂能道人所不道處。又如〈張侍郎示東府新居詩因而和酬〉、〈次韻元厚之平戎慶捷〉、〈謁曾魯公〉、〈次韻酬府推仲通學士雪中見寄〉、〈和微之重感南唐事〉等，皆對偶用事嚴整精切，多少有些淵源自晚唐諸家。

　　暮年絕句律詩，則於李商隱比興的運用之外，加以陶淵明的沖澹與王維的閒適。古詩則出入杜韓，並參三謝之工緻，皆能自成風格面貌。自此能不為詩律所拘囿，於格律限制之外，透露出空靈幽靜的意境，或沈鬱悲壯的氣象，及更為老鍊的詩筆。律體如〈歲晚〉、〈南浦〉、〈北山〉、〈山郊〉、〈半山春晚即事〉、〈定林院〉、〈過山即事〉、〈雨花臺〉等。其中「細數落花因坐久，緩尋芳草得歸遲」、「暗香無覓處，日落畫橋西」，有王維的逍遙自適。「床敷每小息，杖屨亦幽尋」、「枕簟不移隨處有，飽餐甘寢更無求」，表現陶淵明澹泊的心境。「風日有情無處著，初回光景到桑麻」、「春晚取花去，酬我以清陰」、「青冥風露非人世，鬢亂釵橫特地寒」，皆比興手法的巧妙運用。而〈歲晚懷古〉、〈北山道人〉、〈移柳〉，則隱括陶〈歸去來辭〉而成。至於古體，

如〈元豐行示楊德逢〉、〈後元豐行〉、〈純甫出惠崇畫要予作詩〉、〈題燕侍郎山水圖〉、〈游土山示蔡天啓〉、〈同前韻戲贈葉致遠直講〉，仍是一派韓詩風格相沿而來，卻自有特色。〈杏花〉、〈聞望之解丹〉、〈己未耿天騭著作自烏江來〉、〈彎碕〉、〈步月〉二首、〈散髮一扁舟〉、〈秋日不可見〉、〈秋夜泛舟〉等短古，則饒有晉人風氣。以〈後元豐行〉為例：首句寫元豐年間風調雨順，沒有旱澇為災。接下麥行四句，寫麥黍稻稌生長自然繁盛的情形，水車長久都閒置不用。鱭魚四句形容農漁物產豐饒，物價低廉，人們感於生活富足，時常舉行迎神賽會，酬謝神明。吳兒兩句寫村中無論男女都歡樂地歌舞起來。老翁四句寫王安石自己乘著小舟順流而下到金陵城一帶，目睹人們無不是笑逐顏開，無憂無慮。整首詩目的在歌頌元豐年間國泰民安，風調雨順，主要還是神宗多年推行新法的功效。文字甚具有感染力，既寫人們歡欣無憂，也表現自己的自得與逍遙。〈散髮一扁舟〉一首，表現晚年清雅的生活情調。起句寫秋夜乘小舟出遊，時睡時醒。「秋水瀉明河，迢迢藕花底」二句，寫源源不斷的活水流至長滿荷花的潔淨河底，劉辰評：「自是好語」。「愛此露的皪，復憐雲綺靡」句，雅愛荷葉上晶瑩的露珠，和秋空變幻多端的浮雲。末二句點出幽獨的樂趣。不唯詩語清麗，意境也十分沖澹幽靜。又如〈己未耿天騭著作自烏江來〉一首：「朔風積夜雪，明發洲渚淨。開門望鍾山，松石皓相映。故人過我宿，未盡躋攀興。而我方渺然，長波一歸艇。」劉辰翁評曰：「無一句可點，而情景皦然。」頗有《世說新語‧任誕篇》載王子猷夜雪訪載安道一段的故事性與高遠超曠的意境。其餘「黯黮雖莫測，皇明邁羲娥」、「伐翳作清曠，培芳衛岑寂」、「扶輿度陽燄，窈窕一川花」、「遙聞青秧底，復作龜兆坼」等，鍛句鍊字類似謝靈運。另有〈何處難忘酒〉二首，王安石自註擬白樂天，〈相送行〉效張籍，〈烏江亭〉等翻案詩從杜牧、李商隱詠史而來。〈寄吳氏女子〉二首、〈幽谷引〉、〈題舒州山谷寺石牛洞泉穴〉為《楚辭》體，〈擬寒山拾得〉也有二十首之多。王安石詩受唐代杜韓及晚唐諸家影響最深，並泛入盛唐、

漢魏晉朝。但是並非邯鄲學步，他善於採取各家之所長，推陳出新，形成自己的風格特色，可以說學古而不泥於古。

二、心境轉化

依據《石林詩話》的說法之外，趙與時《賓退錄》及《漫叟詩話》可以參考：

> 荊公詩至知制誥乃盡善，歸蔣山後乃造精絕，……比少作如天淵相絕矣。

> 荊公定林後詩精深華妙，非少作之比。

初年以意氣自許，詩風較為率直淺露。及至入京知制誥，已步入中年，隨名聲而來的謗語益多，知道之難行，已稍知韜戢。熙寧九年五十六歲自請罷相，五十八歲退居金陵蔣山後，(1) 怨謗叢集：因新法不便於民，舉國騷動，成為眾矢之的，怨謗之府，心中紛擾不已。〈雜詠〉：「投老安能長忍詬，會當歸此濯寒泉。」〈與呂望之上東嶺〉：「紛紛舊可厭，俗子今掃軌。」〈示元度〉：「老來厭世語，深臥塞門竇。」都充分說明當時飽受流言困擾，衷心之苦悶抑鬱了。(2) 故交索絕：隱居之後，門生故吏多不再來往，遍歷人間炎涼。〈謝微之見過〉：「此身已是一枯株，所記交朋八九無。唯有微之來訪舊，天寒幾夕擁山爐。」〈送耿天騭至渡口〉：「雪雲江上語依依，不比尋常恨有違。四十餘年心莫逆，故人如我與君稀。」不過與王微之、耿天騭、陳和叔、楊德逢、蔡天啟、葉致遠、呂望之、段約之、俞秀老等數人及僧侶道人來往，顯得落寞孤單。(3) 骨肉乖隔：熙寧九年長子王雱去世，王安石悲傷見於〈題雱祠堂〉、〈題永慶壁有雱遺墨數行〉二詩。而女兒、諸弟多散在京師及各地，不能相聚，平日端賴書信詩歌相慰問，如〈次吳氏女子韻〉、〈寄吳氏女子〉、〈寄蔡氏女子〉、〈夜夢與和甫別如赴北京時和甫作詩覺而有作因寄純甫〉，充分流露手足骨肉契闊乖隔之思。再加上年老力衰，不能再有所施為，為了排遣內心痛苦矛盾和寂寞失意之感，經常深居簡出。他閉戶寫詩讀書，蒔花弄草，或者午窗

歇眠，不然，流連大自然山水間，與雲月魚鳥為友。壯年豪放雄奇之氣，逐漸轉趨澹泊，情感更為深沈蘊蓄，於是晚年詩風為之丕變。所謂「詩窮而後工」、「數窮乃見詩人才」、「窮塗往往始能文」，以王安石自身詩歌創作的經歷，就是最佳的註腳！